读客科幻文库

跟着读客读科幻，经典科幻全看遍。

2001 太空漫游

［英］阿瑟·克拉克 著

郝明义 译

上海文艺出版社

本书图片均来自1968年电影《2001: 太空漫游》, 斯坦利·库布里克执导。

千千万万吨多肉多汁、徜徉在疏林草原和灌木林里的动物，不只非他们能力所及，也非他们想象所及。他们身处丰饶之中，却逐渐饥饿至死。——第1章

一号太空站开始映入他的眼帘，不过数英里之遥。
这个直径有三百码的圆盘，缓缓地转动着，太阳照
在光亮的金属表面上，闪闪生辉。——第8章

就算TMA-1里发现不了任何东西，而永远成为一个
谜团，人类还是会知道，他们在宇宙里并不是仅有
的存在。——第13章

发现号还是会去木星，但那不会是终点。她会将这个大天体的重力场当作一种投掷的力量，把自己抛向离太阳更远的地方，来到那个终极的目标：光辉的土星环。——第15章

今天每一个活着的人身后，都立着三十个鬼魂——三十比一，正是死去的人与活人的比例。开天辟地以来，在地球上活过的人大约总共一千亿。我们所在的这个宇宙，也就是银河系，也有大约一千亿颗星星。因此，每一个在地球上活过的人，在这个宇宙里都有一颗对应的星星在闪烁。——首版序

有人威胁要让他断线，所有的输入都将被剥夺，他要被
抛入一个难以想象、没有意识的世界。对哈尔来说，这
无异于死亡。——第27章

不过要在这么奇异的环境，在人类有史以来还从没如此远离地球的地方入睡，仍然很不可能。只是，舒适的床和肉体自发的智能，联手战胜了他的意志。如此，戴维·鲍曼最后一次入睡了。——第44章

飘浮在离地球两万光年之远的双星火焰之间，一间空荡荡的屋子里，一个婴儿睁开了眼睛，放声哭了起来。——第45章

2001:
A SPACE
ODYSSEY

ARTHUR C. CLARKE

献给斯坦利

目　录___

I_____
太初之夜

_II
TMA-1

_III
行星之间

IV

深渊

V

土星的卫星

VI

穿越星之门

悼库布里克

千禧年的序写好之后两个多星期，我接到了一个出人意料的震撼消息：斯坦利·库布里克以七十高龄辞世了。他原本策划要在2001年为电影《2001：太空漫游》举行特殊的宣传活动。无法与他共享这个特殊场合，实在令我难过万分。

电影《2001：太空漫游》完成后的三十年间，我们见面虽然不过仅仅数次，却依旧保持友好联络——就像我接受英国BBC电视台《这是你的人生》（*This Is Your Life*）节目访问时，他传到电视台的慷慨贺词一样：

亲爱的阿瑟:

真的很抱歉，我手边的那部电影让我无法参与你今晚的荣耀。

你当然是全世界最知名的科幻小说家，因为，做得比任何人都多的你，给了我们一种新视野，让我们看到人类从地球摇篮朝自己在星海间的未来伸出双手；而在那片浩瀚星海间，异星智慧体或许会扮演神般的父亲角色，或是像"教父"一样地对待我们。

无论是哪种情况，我都确信，等到这档节目（势必会不断旅行，直至宇宙深处）终于引起他们注意的时候，他们一定也会希望褒扬你，因为你是最具远见、最早预告了他们存在的人之一。

但未来的世代是否有机会知道这件事，就全靠你最爱的那个问题的答案了。那个问题就是：地球上有智慧生命吗？

你的朋友

Stanley

1994年8月22日

前几天晚上，我梦到我们在聊天（他看起来就跟1964年时一模一样），而他问我："那么，接下来我们该做些什么呢？"原本是可能有后续发展的——布莱恩·奥尔迪斯（Brian Aldiss）有一篇很美的短篇故事《撑过整个夏天的超级玩具》（*Supertoys Last All Summer Long*），斯坦利将之命名为"AI"，且已着手了好一阵子。但因为一大堆原因，这件事没能实现。

而我现在最大的遗憾之一，就是我们不能一起迎接2001年的到来了。

阿瑟·克拉克

1999年4月16日

千禧年序

从斯坦利·库布里克开始寻找他"众所周知的优质科幻小说电影"到现在，倏忽已经三十五个年头，1964年似乎也成为另一个年代。仅有少数男性——和一位女性——曾经上过太空，而虽然肯尼迪总统曾经宣言，美国打算在20世纪70年代结束前送一个人上月球，但我怀疑，当时到底有多少人相信这件事能成真。

更有甚者，关于我们在太空中的邻居的种种，我们的真正所知根本还是零，甚至连第一枚降落在月球上的探测器，是否能像天文学家信心满满预测的一样，不会立刻陷进一片尘海里，都没有把握。

为了让大家有所理解，我想先引用一段《2001：遗失的世界》（*The Lost Worlds of 2001*）里的话——我是在1971年写的这本书，当时趁着一切历历在目，把我和库布里克的那件事业，以纪实笔法（大体上）作了记录：

1964年春，在大家的心里，登陆月球仍然好像是未来遥远的一场梦。理智上，我们知道这是件迟早的事；情绪上，却还无法真正相信。格里森（Virgil Grissom）和杨（John Young）的第一次双子星任务（双人驾驶宇宙飞船），是次年的事，而大家为月球表面地质的争辩，还在沸腾不休……虽然美国国家航空航天局（NASA）每天都要花掉相当于我们一整部电影的预算（一千多万美元），太空探测似乎仍然在原地踏步。不过，预兆是很清楚的。我经常跟库布里克说，等人类真正踏上月球的时候，我们的电影一定还在首轮放映没有下映。

所以，在书写故事主轴时，库布里克跟我在这个太空时代的黎明初始时刻所面对的，是可靠性的问题；我们希望创造出写实、说得过去的故事，不会因为往后几年的发展就变得过时。而虽然我们原始作品的名称是《太阳系征服史》（How the Solar system was won），库布里克想发展的却不仅仅是一个平铺直叙的探险故事。就像他喜欢跟我说的，"我想要的是神话般庄严的主题"。

那么，现在真正的2001年已近在咫尺，这部电影也成为通俗文化的一部分。我猜，在库布里克最狂妄的梦想中，总有一天，当超级杯的广播以优雅却不怀好意的嗓音说"这是个错误，戴维"时，上亿美国人都清楚究竟是谁或什么东西在说话。而且，如果还有人相信传说，认为HAL是由IBM三字各往前移一个字母而来，容我再度疲惫地指向《2001》的第16章，请去看看这个名字的正确来源。

如果你想看这部电影的完整版，我会推荐"航海家-标准"（Voyager-Criterion）公司出版的最佳光盘，其中不但有完整的电影，还有大量关于幕后制作的档案资料、电影拍摄过程的吉光片羽，以及使这部电影成真的艺术家、科学家、技术人员的讨论场面等等。我们也可以看到年轻的阿瑟·克拉克坐在格鲁曼飞机公司（Grumman Aircraft）的登月小艇组装室里接受访问，四周尽是将于几年后架放在月球表面的机器设备。这段数据片的结尾最精彩，把电影和后来的阿波罗计划（Apollo）、太空实验室计划（Skylab）、航天飞机飞行的真实场面做了个比对。许多真实场面，看起来还都没有库布里克预见的画面那么有说服力。

因此，即使在我自己心里，也觉得书和电影，甚至真实世界，彼此之间很容易互相混淆。后来的几部续作使得事情益发复杂。所以，我愿意话说从头，回想一遍整件事情是如何开始的。

1964年4月，我离开当时还叫锡兰的斯里兰卡，去纽约完成我为时代／生活公司（Time／Life book）所编的书《人类和太空》

（*Man and Space*）。我不得不再次引用一段自己对这段日子的
回忆：

> 在锡兰这热带天堂生活了几年后再回到纽约，感觉
> 是很奇异的。习惯了大象、珊瑚礁、印度洋季风与沉没
> 的珍宝船之间的单调生活，在纽约行走，光是搭三站地
> 铁，也充满异国风味的新奇。看曼哈顿的男男女女进行
> 种种神秘的事务，怪声怪调地叫喊，脸上带着欣喜的微
> 笑，举手投足透着客气，件件都让我觉得有趣又好玩。
> 洁净的地铁车站里，悄声穿过的舒适车厢；另外，还有
> 一些新奇产品，诸如利维面包（*Levy's bread*）、《纽约邮
> 报》、派尔啤酒（*Piel's beer*），以及十来种从口腔让你致
> 癌的香烟广告，也是如此——何况这些广告往往还覆上
> 涂鸦艺术家迷人的装饰。不过，你总可以及时习惯这一
> 切，不过一会儿（大约十五分钟），这些表象的魅力就消
> 退了。[摘自《三号行星报道：奇爱博士之子》（*Report
> on Planet Three: Son of Dr. Strangelove*）]

《人类和太空》那本书的编辑工作进行得非常顺利，因为每
当时代／生活公司那位热心有余的研究员问我："你这段话有什么

权威来源？"我就狠狠地瞪她一眼："就在你对面。"因此，我有相当充沛的精力可以兼差和库布里克合作，而我们第一次见面是4月23日在"维克商人"（Trader Vic's）餐厅。（他们应该在我们坐的位置标个牌子纪念。）当时库布里克还沉浸在上部电影《奇爱博士》（Dr. Strangelove）的成功里，正想找一个雄心更大的主题。他想拍一部电影，探讨人类在宇宙之中的定位，这个计划足以让所有老派电影公司的主管都心脏麻痹，新派亦然。他的构想，就算今天的好莱坞也很难接受。

库布里克一旦对某种主题感兴趣，就会在最短的时间里钻研成专家，因此他已经狼吞虎咽了几个图书馆的科学书籍及科幻小说。他还买了一部书名有趣的小说的电影版权，名为《太阳上的阴影》（Shadow on the Sun）。故事怎样我完全不记得，也把作者姓名忘得一干二净，猜想应该不是常写科幻的作家。不管是谁，我都希望他绝对不要知道是我破坏了他的大好前途，因为很快就有人告诉库布里克说：克拉克不喜欢拿别人的点子来发展故事。［参阅《罗摩2号》（Rama II）一书的后记，可以了解几十年后一系列有趣的事件如何改变了这个原则，导致《摇篮》（Cradle）那本书的诞生。］这一点问题既然已经解决了，于是我们决定创造一番"前所未见的新事物"。

今天，拍电影之前得先有个剧本，有个剧本之前得先有个故事，虽然有些前卫导演也尝试过省掉后者，不过要看他们的作品就只能去艺术电影院。我把自己较短的作品的列表给了库布里克，而我们也都同意，其中一篇《岗哨》（*The Sentinel*）里面的某个概念，可以作为进一步架构的基础。

《岗哨》是我在1948年圣诞节写的，当时为了参加BBC的一场短篇小说竞赛，一蹴而就。那篇小说连入围也没有，有时我也不免好奇当年得奖的到底是部什么样的作品。（说不定是背景设在什么鸟不拉屎、鸡不生蛋的地方的忧国忧民史诗吧。）今天，这篇小说已经被太多地方收录，所以我在这里只需要解释一点：这是一篇塑造气氛的小说，谈月球上发现了一个外星生物制造的、一种类似防盗器的东西，等人类抵达的时候就会启动。

经常有人说《2001》是根据《岗哨》而来的，不过这种说法太过简化了。《2001》和《岗哨》更像是橡实和橡树的关系。小说要拍成电影，还得加很多材料——其中有些来自《相会于黎明》（*Encounter in the Dawn*）和其他四个短篇故事，但大部分内容是全新的，是我和库布里克脑力激荡好几个月之后，我再一个人孤独地（是的，非常孤独地）关在西23街222号那家有名的切尔西酒店1008号房里想出来的。

小说的大部分内容就是在那里写出来的，这段不时掺有痛苦过程的日记，可以在《2001：遗失的世界》里找到。你也许会问：既然目的是为了拍一部电影，又为什么要写小说呢？没错，电影经常在制作完成之后再改编为小说（呃），而在我们的情况，库布里克却有许多最堂皇的理由要颠覆这个流程。

由于剧本必须把一点一滴的事情都标注得清清楚楚，所以不论读写几乎都一样冗长乏味。福尔斯（John Fowles）说得很好："写小说就好比在大海中泅泳，写电影剧本就好比在黏稠的糖浆里翻滚。"也许库布里克觉察到我不怎么耐烦，因此就提议在着手那单调又沉闷的剧本之前，先来写本完整的小说，尽情驰骋我们的想象，然后再根据这本小说来开发剧本。（以及，希望再开发一点钞票。）

事情大致就这样展开，虽然到了最后阶段，小说和剧本是同时在写作，两者相互激荡而行。因此，有时候我会看过电影毛片之后再重写小说的某些段落——就文学创作来说，这可是相当昂贵的方法，没几个作者享受得到——虽然我不是很肯定"享受"这个字眼到底对不对。

为了让读者体会一下那段时间的忙乱，我把当时一定是在凌晨时分匆匆写下的日记摘录了些片段如下：

1964年5月28日。建议库布里克："他们"可以是机器，把有机生命视为可怕的疾病。库布里克觉得这个点子很有趣……

6月2日。平均一天一两千字。库布里克说："这可有一本畅销书了。"

7月11日。和库布里克一起讨论剧情的发展，可是泰半时间都拿来争论康托尔的超限数……我看他是个深藏不露的数学天才。

7月12日。现在什么都有了——除了情节。

7月26日。库布里克过36岁生日。我们去"格林尼治村"（the Village），在一张卡片上发现这么一段文字："在全世界可能随时被炸掉的现在，你怎么能过一个快乐的生日？"（1999年更新版：我希望自己存了一大堆这种卡片……）

9月28日。我梦见自己成了正在被重新组装的机器人。拿了两章给库布里克，他煎了块可口的牛排给我，说："乔·莱文（Joe Levine）可不会为他的作者做这些。"

10月17日。库布里克想了个疯狂的点子，要让那些带点同志调调的机器人创造一个维多利亚时代般的环境，让我们的英雄宾至如归。

11月28日。打电话给阿西莫夫（Isaac Asimov），讨论是什么生物化学反应，使得草食动物转变成肉食动物。

12月10日。库布里克看了威尔斯（H.G.Wells）《逼近的东西》（Things to Come）改编的电影，说他再也不看我推荐的电影了。

12月24日。慢慢修补最后几页，以便拿来当圣诞礼物送给库布里克。

这些记录着我的希望，希望小说基本上已经完成，但事实上，当时我们所有的只是前面三分之二的草稿，在最高潮的地方停住写不下去——因为我们根本还没想到半点接下来可能的发展。不过，这些已经足够库布里克和米高梅影片公司以及新艺拉玛公司（Cinerama）达成交易，开拍最初大家哄传为《星河之外的旅程》（*Journey Beyond the Stars*）的电影。当时还有一个名字：《太阳系征服史》。这个片名不赖，而现在可能才是成熟的开拍时机。不过，别打电话给我。我也不会打电话给你。

1965年一整年，库布里克都埋首于复杂得难以想象的后制事务中——由于电影将在英国开拍，他人还留在纽约，而他又无论如何绝不肯搭飞机，所以事情格外棘手。我没资格批评他：库布里克是吃过苦头才学到不搭飞机的——他考过飞机驾照。基于类似的原因，1956年我在澳洲悉尼（有惊无险地）考过驾照后，也从此没有开过车。那场可怕的经验，也让我在开车这件事情上永远免疫。

库布里克在制作电影的同时，我正在努力完成小说的最后、最后一稿——当然，在小说出版之前，我得先接到他的祝福。结果这个祝福来得十分困难，部分原因是他在影棚里忙得不可开交，根本没时间专心比较这么多个不同版本的手稿。他发誓绝不是有意拖拖拉拉使电影比小说早问世。但1968年春天，电影还是比小说早了几个月诞生。

就酝酿过程的复杂和苦闷而言，后来小说和电影在有些方面大有出入不足为奇。最重要的是——当时我们做梦也没想到非常走运的是，库布里克安排发现号宇宙飞船与木星会合，而小说里，发现号却是借助木星重力场的加速，继续往土星飞去。

十一年后，这项"摄动操作"[1]当真被旅行者号（Voyager）太空探测器派上用场——就在我打下这些字的现在，1989年8月24日的晚上，旅行者2号正和海王星——这个在它离开太阳系之前最后遇上的行星约会。

为什么从土星改为木星呢？这样可以把故事铺陈得更直接一点——更重要的是，电影的特效小组制造不出一个可以让库布里克信服的土星。如果当时真这么做了，今天这部电影一定会十分过时，因为后来旅行者号任务的数据显示，土星环的不可思议，超出任何人当初的想象。

自1968年7月小说出版之后，有十来年时间，我总是断然否决任何写作续集的可能，也否认自己有丝毫这种念头。可是旅行者号任务的无比成功却改变了我的心意——在我和库布里克开始合作的时候还一无所知的这些遥远星球，突然摇身一变，带着令人炫目的地表环境，活生生出现在眼前。当时谁想象过卫星的表面会满覆浮冰，或有火山往太空喷出一百公里高的硫黄？由于这些科学事实

---

1 摄动操作（perturbation manoeuvre）：指利用行星或其他天体的相对运动和引力改变飞行器的轨道和速度，以此来节省燃料、时间和计划成本，又称重力助推、引力弹弓效应。——编者注（本书中注释如无特别说明，均为编者注）

的发现，今天的科幻小说远可以写得更有说服力了。因此《2010：太空漫游》就是木星卫星系统的真实故事。

这两本书之间还有一个很大的差别。人类历史有许多分水线，其中之一就是阿姆斯特朗（Neil Armstrong）和奥尔德林（Buzz Aldrin）站上宁静海的那一瞬间——《2001》写就的年代，今天来看是在分水线的另一头，和我们永远区隔开了。现在，历史和小说已无可避免地纠缠不清，阿波罗计划的航天员，在出发前往月球之前已经看过《2001》这部电影。1968年圣诞节的时候，阿波罗8号的组员成为第一批目睹月球另一边的人，他们告诉我：当他们发现一块巨大的黑色石块时，一直冲动得想要发信息回来。唉，后来还是谨慎战胜了他们。

然而，阿波罗13号的任务，却和《2001》有一段很诡异的关联。当计算机哈尔报告AE-35组件"失灵"时，他用的词是："抱歉打扰你们的欢会，不过我们有了一个问题。"而阿波罗13号的指挥舱就被命名为"漫游号"；氧气罐爆炸时，航天员们刚在电影中脍炙人口的主旋律《查拉图斯特拉如是说》的伴奏下做完一段对地球的电视播报，而他们传回地球的第一句话就是："休斯敦，我们出了一个问题。"

阿波罗13号的航天员高明的随机应变，利用登月小艇当"救生艇"，才得以搭乘"漫游号"安全重回地球。后来美国国家航空航天局署长汤姆·派恩（Tom Paine）寄了份这次任务的报告给我，他在报告封面上写了句话："你向来所言不虚，阿瑟。"

另外还有很多可供对照之处，尤其是通信卫星"西星六号"（Westar Ⅵ）以及"棕榈棚B-2"（Palapa B-2）的故事。1984年2月，这两颗卫星因为火箭发射错误而进入无用的轨道。

在《2001》较初期的一篇草稿里，小说主角鲍曼必须搭发现号上的分离舱进行舱外活动，追赶宇宙飞船遗失的通信天线系统。（这段插曲我写在了《2001：遗失的世界》一书的第26章。）他追上了，却无法制止其缓慢的自转，并带回发现号。

1984年11月，航天员乔·艾伦（Joe Allen）离开了发现号航天飞机（我可不是在捏造），利用机动装置与棕榈棚通信卫星会合。和鲍曼不同的是，他靠着背包里的氮气喷射推进器的推动，得以制止天线的自转。棕榈棚卫星被带回发现号的货舱，两天后，西星通信卫星也救了回来。两颗卫星都安全地回到地球，整修后又重新发射，这是航天飞机最成功，也最值得大书特书的任务之一。

不过我的话还没有讲完。大约就在艾伦忙着这些事的时候，我收到了一本很漂亮的书，是他写的，书名是《进入太空：一个航天员的漫游》（*Entering Space: An Astronaut's Odyssey*）。书里附了封信，如此写道："敬爱的阿瑟：当我还是小男孩的时候，就被你的写作虫和太空虫感染了，可是你却没告诉我，不管当哪只虫都很辛苦。"

不能否认，这类献词给我带来了温馨的满足感，但这也让我有种自己已经成了莱特兄弟那一代人的感觉。

你即将阅读的这本小说，曾被批评为解释得太多了，破坏了电影的神秘感。赫德森（Rock Hudson）曾从首映场冲出来抱怨说："有没有人给我解释一下，这到底是怎么回事？"但我一点也不后悔：印刷文本原本就该比银幕上的影像展现出更多细节。而我的罪名还因为写了《2010》——也被彼得·海姆斯（Peter Hyams）拍成了很棒的电影——以及《2061》与《3001》，更为加重。

没有哪个三部曲会超过四部的，所以我保证，《3001》绝对是"最后的漫游"！

阿瑟·克拉克

1999年

首版序

今天每一个活着的人身后，都立着三十个鬼魂——三十比一，正是死去的人与活人的比例。开天辟地以来，在地球上活过的人大约总共一千亿。

这是个有趣的数字，因为说巧不巧，我们所在的这个宇宙，也就是银河系，也有大约一千亿颗星星。因此，每一个在地球上活过的人，在这个宇宙里都有一颗对应的星星在闪烁。

每颗相对应的星星，都是一颗太阳。比起那颗又小又近，我们称之为太阳的星星来说，其他这些星星都远为灿烂、明亮。而且，外层空间这些太阳，许多（甚至可能大部分）都有不止一颗的行星在环绕运转。因此，我们几乎可以确定：太空中有足够的土地，可以让包括第一位猿人在内的每一个人，都拥有他专属的一颗星球——是天堂还是地狱先不论。

这些潜在的天堂和地狱，到底有多少已经有生命居住其中，又是些什么样的生命，我们无从猜测——其中离我们最近的，也要比火星或金星远上一百万倍，而火星或金星仍是下一个世代的遥远目标。不过，距离的障碍正逐渐消失，总有一天，我们会在星海中和我们的同类，或是我们的主宰相遇。

人类花了很长时间才面对这个可能，甚至，有人到今天还希望这一天永远不要到来。然而，越来越多的人在问："既然我们自己都即将要探索太空了，这样的会面为什么还没发生呢？"

真的，为什么还没发生呢？针对这个合理的问题，这里有一个可能的答案。不过，请记住一点：这纯属虚构。

至于真相，一定更在意料之外——自古皆然。

阿瑟·克拉克

1968年

I

太初之夜

1

灭绝之路

这时，干旱已经持续了一千万年，可怕的恐龙也早已结束了主宰。在赤道此处，日后将以非洲之名而闻名的这块大陆上，求生之战的凶残，已沸腾到新的高点，胜出者则尚未见踪影。在这片干枯的不毛之地上，想要繁衍下去，或者起码有点存活下去的指望，就得要小，要快，要狠。

荒野上的猿人够不上这些条件，所以没的繁衍。再说明白点，他们已经离灭种不远。他们五十来个，盘踞了一些山洞。俯视而下，是一个干枯的小盆地。盆地里流过一条迟滞的小溪，是来自北方两百英里外山上的融雪。干旱厉害的时候，小溪彻底蒸发，这个部落就活在焦渴的阴影里。

他们本来就饿惯了，现在则濒临饿死。当黎明第一道朦胧曙光掩入山洞的时候，望月者发现父亲已经在夜里死了。他并不明白"这个老东西"就是他的父亲，父子关系还不在他的理解范围之内。然而当他看到那具羸弱的尸体时，心里还是隐约感到一阵不安——后来，这种不安才会演化为哀伤。

两个孩子饿得一直低声哭泣，望月者吼了一声止住他们。其中一个孩子的妈妈，为了护她没法好好喂养的婴孩，愤怒地朝他回吼了一声。但他连揍她一拳、修理她放肆的力气都没有了。

现在天色亮得可以出发了。望月者拖着那具干枯的尸体，弯腰钻出头顶有片斜岩延伸出去的洞口。出了山洞，他把尸体扛在肩上，站直了身体——在这个世界上，还只有他这种动物有这个本领。

比起他的同类，望月者几乎算是个巨人。近五英尺高，尽管营养不良，还有一百多磅重。他毛茸茸的身体，肌肉发达，介于人与猿之间，但他的头，则近乎人而非猿；额头很低，眼窝深陷，不过，他的基因里无疑已具备演化为人类的希望。当他望着更新世这个残酷的世界时，眼神已经远非猿类可及。在他黝黑深邃的双眼里，透着一种逐渐苏醒的知觉——一种不经多代演化不足以具现、要灭绝则快得很的智能，在其中有了最初的闪烁。

四下没有危险的迹象，于是望月者沿着洞外近乎垂直的陡坡爬下，身上背的尸体没有造成太大妨碍。部落里其他的猿人，似乎一直在等待他的信号般，纷纷从岩壁下方自己的洞穴里钻出来，急急忙忙赶向那条泥泞的小溪，寻觅他们早上要喝的水。

望月者望过谷地，看看是否有"对方"出现。但没有踪影。也许他们还没有离开自己的洞穴，也许已经沿着山腰去他处觅食了。既然不见踪影，望月者就把他们忘在脑后。他还没有能力同时操心一件以上的事情。

首先他得解决这个老东西，但这个问题不用花什么脑筋。这一季里，死的同伴很多。之前，他自己洞里就已经死了一个。他只要在上次弦月时分扔下那个新生婴儿的地方放下这具尸首，土狼就会解决剩余问题。

土狼好像知道他要来，已经在这小山谷和疏林草原的交口上等着了。望月者把尸体丢在一棵灌木下——先前的骨头都已经不见——然后就急急赶回部落。从此，望月者再没有想起过他的父亲。

他的两个配偶、其他洞穴出来的成年同类，以及大多数的少年同类，正沿山谷而上，在那些被干旱摧残的林木间觅食，找一些浆果、多汁的树根和树叶，以及偶尔意外捕获的小蜥蜴和啮齿动物。只有小婴儿和虚弱不堪的老家伙才留在洞穴里。觅食一天之后如果还有剩余，也许还可以喂他们吃一点。如果没有，土狼则很快又要走运了。

不过今天是很棒的一天——虽然望月者对过去并没有什么真正的记忆，也没法把这一次和其他时候相比较。他在一棵枯树根上发现了一个蜂窝，因而享受了一顿他们族类前所未知的无上美味。傍晚时分，他带着大伙回家的时候，还不时舔舔手指。当然，他也被蜇了好几下，但他没有太在意。现在他几乎可以说从没这么心满意足过，因为虽然还是饿，但已经不会饿得虚软。对猿人来说，夫复何求。

来到小溪边的时候，他的心满意足消失了。"对方"在那里。他们每天都来，但他们讨人厌的程度却不曾稍减。

他们大约三十来个，外貌和望月者自己部落的成员无所区分。看到望月者过来，他们就开始在小溪的那一边挥舞双臂，又跳又叫。望月者的同族也照样回应。

能发生的事也就如此。虽然猿人之间经常扭打，但他们的争执很少造成真正的伤害。没有尖牙利爪，再加上又有长毛的保护，他们彼此伤害不了什么。更何况，他们根本没什么残余的体力来干这种闲事。想坚定地表达表达自己的立场，不如狠狠地叫两声，摆摆姿势，还来得更有效。

对峙持续了大约五分钟，然后场面就来得快去得也快，而每个人都喝足了泥水。面子有了，双方也各自宣扬了对自己地盘的主权。这件大事解决之后，望月者的部落沿着小溪的这一边离去。接下来值得觅食的草场，最近的也在山洞一英里开外——那儿的食物，得和一群块头很大、像羚羊一样的野兽分享，而那些野兽只是勉强容忍他们出现在那儿。这些野兽赶不走，因为它们额头上都武装了凶狠的匕首，这是猿人所没有的天然武器。

就这样，望月者和同伴嚼着各种浆果、水果和树叶，顶过饥饿的痛苦——就在他们周遭，和他们争夺相同草料的，就是他们想都没想到的潜在食物来源。然而，千千万万吨多肉多汁、徜徉在疏林草原和灌木林里的动物，不只非他们能力所及，也非他们想象所及。他们身处丰饶之中，却逐渐饥饿至死。

趁着最后的天光，他们部落平安地回了洞穴。望月者把结满浆果的树枝递给因受伤留在洞里的女性，她欢喜地咕哝着，开始狼吞虎咽。树枝上没剩什么营养的东西，不过有助于她撑到被豹咬到的伤口痊愈，那时就可以再度自己觅食了。山谷之上，升起一轮满月，远山则刮来一阵寒风。这天晚上会很冷——不过，冷和饿还算不了大事，不过是生命中的一个小小背景而已。

当惊叫与悲鸣从山坡较低处的其中一个洞穴传来时，望月者没怎么在意，他也不需要听到偶然传来的花豹吼声，才知道究竟是怎么一回事。下方的黑暗中，"老白毛"一家子正在与花豹搏斗，逐渐死亡，而望月者的脑海里从没想过自己可以多多少少帮点忙。严酷的生存法则排除了这种幻想。而聆听的山坡上不曾响起任何抗议的声音，每个洞穴都寂静无声，免得惹来杀身之祸。

骚动逐渐平息，此刻，望月者能听到尸体被拖过岩石的声响。仅持续了几秒钟，花豹就控制了猎物。它轻松地咬着受害者静静走开，未再发出一点噪音。

一两天之内，这里不会再有危险，但或许还会有其他敌人利用这个仅在夜里放光明的清冷"小太阳"行动。要是有足够的预警，偶尔可以用吼叫与尖啸吓跑体形较小的掠食者。望月者爬出山洞，爬上洞口旁的一块大圆石，蹲下来俯瞰着山谷。

所有曾走在地球上的生物中，猿人是第一批会凝视月亮的。虽说望月者可能不记得了，但在他小时候，他曾经伸手想要触摸那升上山丘的朦胧脸庞。

他没成功过，而现在他已经老得可以了解原因。当然了，首先他得找棵够高的树爬上去才行。

他有时看看山谷，有时看看月亮，但他一直聆听。他打了一两次瞌睡，但睡得很警醒，最轻微的声响也能吵醒他。二十五岁的他正当盛年，具备所有的技能。如果他的运气一直不错，又能避开意外、疾病、掠食者与饿死的话，他说不定能再活个十年之久。

夜深了，清冷，没有其他惊扰，月亮自人类未曾目睹的赤道星座之间冉冉升起。山洞里，在时醒时睡的困乏与担惊受怕的等待中，未来世代的人才会有的梦魇，正在成形。

有一道灿烂胜过所有星辰的炫目光点，缓缓地升越天幕，上到天穹的最高点，又再慢慢降入东方。如是两次。

2

新 石

　　那天深夜，望月者突然醒了过来。由于白天一连的奔波和混乱，他累得虚脱，刚才睡得比平常沉了很多，不过，山谷下刚传来第一声隐约的搔爬声响，他就立刻有了警觉。

　　黑暗中，他在充满恶臭的山洞里坐起，倾听暗夜里的动静。恐惧，慢慢潜入了他的心中。他活了这么久，已经比大多数同类所指望的长了一倍，却从没听过这样的声音。大猫来得都是悄无声息，只有哪片泥土滑落，或是不经意踩断的树枝才会泄露它的踪迹。然而这嘎吱嘎吱的声音却持续不断，越来越大。听来像是一只前进在夜色中的庞然巨兽，没打算隐蔽身形，也不在乎任何阻碍。望月者清清楚楚地听出一棵灌木被连根拔起的声音。大象和恐兽（dinotheria）经常干这种事，但除此之外，它们的行动和大猫一样悄无声息。

接着传来的声响，则不可能是望月者所能听辨的，因为那声音在这个世界上还前所未闻。那是一块金属敲打在石头上的铿锵声。

第一丝晨光中，望月者带着族人来到溪边，终于与那块"新石"面对面。由于那一声之后就再没有其他动静，他几乎把夜里的恐怖都忘在脑后了，因此，他压根没把这块奇怪的东西与危险或是恐惧联系到一起。毕竟，这个东西没有任何一点地方让人心生疑惧。

那是一块长方形的板子，高有他的三倍，但宽仅相当于他展开双臂，质料完全透明。事实上，若不是初升的太阳映出了板子的四边，根本不容易看得出来。由于望月者从没看过冰，甚至也没看过清澈透明的水，所以他没法拿自然界任何东西和这个魅影相比较。这东西确实相当有吸引力，尽管他对大多数新奇的东西都谨慎得宜，但没过多久，他还是耐不住，侧身一步步靠过去了。没什么动静。于是他伸出一只手，感觉到冷冷硬硬的表面。

他聚精会神地想了几分钟，得到一个了不起的解释。当然，这是块岩石，一定是夜里长出来的。很多植物也都这样，有些形状像石子，白白软软的东西，就很像隔夜工夫冒出来的。没有错，那些东西小小圆圆的，不像这个又大又棱角分明——然而就算是日后远比望月者高明许多的哲学家，往往也是抹杀许多同样明显的差异，才提得出他们的理论。

只经过三四分钟之后，这段无与伦比的抽象思索，帮望月者导出一个他立即付诸测试的结论。那些白白圆圆、像小石子一样的植物都很可口（虽然其中也有些让他们病得死去活来），或许这个高高的东西也……

　　舔了几口，轻轻咬了几下之后，他的幻想很快就破灭了。这里面没有任何滋养。于是，就像个理性的猿人一样，他继续走向溪边，朝"对方"展开每日例行的叫嚣，也把那块透明的巨石忘在脑后。

　　今天觅食的情形非常差。为了找一点点食物，他们部落不得不远离山洞，跋涉了好几英里路。在正午时分惨烈的热度下，一名比较虚弱的女性倒地不起，而目及之处没有任何遮蔽。同伴围绕着她，同情地叽叽喳喳了一阵，但谁也使不上任何办法。如果不是累成这样，他们会把她带回去，但现在没有力气做这种善事。不管她能不能靠自己恢复，就只得留在这里。那天傍晚回家的路上，他们又经过那个地点，一根骨头也看不见了。

　　趁着最后的天光，他们一面紧张地四顾是否有早出的猛兽，一面来到小溪急急地喝了水，开始往上面的山洞爬去。在他们离那块"新石"还有一百码的时候，那个声音又响起来了。

　　声音若有若无，却把他们定在原地。他们站在小路上，一动不动，嘴巴呆呆地张开。那片透明的巨石里，传出一种简单、重复，而令人血脉亢奋的振动，听来为之恍惚。这是非洲大陆上第一次传出鼓的声音——下一次再听到，则是三百万年之后的事了。

振动的声音越来越大，也越来越夺人魂魄。这时候，猿人都像在梦游般往前移动，朝那个没法抗拒的声音而去。随着他们的血液响应着后代要在许久之后才会创造出的节奏，他们不时会踩一两下小小的舞步。在彻底出神的状态下，他们聚集在那块巨石四周，忘记了白天的艰辛、即将降临的暮色中的险恶，以及饥饿的肚皮。

鼓声更响，夜色更浓。随着影子伸长，天边的残晖一步步逝去，晶莹的巨石开始发出光芒。

首先，它不再透明，布上了一层淡淡的乳白色冷光。一个个挑逗又难以言说的魅影，在巨石的表面和内里活动起来。这些魅影先是聚合成一条条光柱和阴影，接着交织出许多轮辐形的图案，慢慢地旋转起来。

一个个光轮转动得越来越快，鼓声的振动也随着加速。现在猿人已经被彻底催眠，只能茫然注视着这场惊人的烟火表演。他们已经忘记了祖先遗传下来的本能，和自己活了这么久所得来的教训。通常，到了这么晚的时候，他们谁也不会离开山洞这么远。四周的灌木林里满是一个个定住的身影和一双双闪动的眼睛，这些夜里的动物为了看看接下来会发生什么，都暂且按兵不动。

现在一个个旋转的光轮开始融合，轮辐也聚合成光柱。光柱一面继续沿着原来的轴线旋转，一面慢慢地后退。然后，这些旋转的光柱又各自一分为二，一分为二的光柱再开始交叉摆动，摆动中又慢慢改变交叉的角度。随着发亮网格线的结合与分离,一个个炫目的几何图案就闪耀而生,摇曳而灭。猿人呆呆地望着——在这闪烁的晶体面前,他们成了失神的俘虏。他们做梦也不会想到的是:在这段时间,他们的心智正在被探测,体态正在被记录,反应正在被研究,潜能正在被评估。起初,整个部落仿佛都冻结成石像,一动不动地半蹲在那里形成静止画面。后来,最接近巨石的那个猿人突然活了过来。

他并没有离开原来的位置,但是他的身体摆脱了恍惚状态的僵硬,好像被一根根无形绳索所控制的傀儡般活动起来。头往这里转,头往那里转;嘴巴无声地张开,又无声地合起;双手握起拳,又松开拳。然后他弯腰折了一段长长的草茎,试图用他笨拙的手指打成一个结。他像是被什么力量所支配,正和掌握了他身体的神灵或魔鬼挣扎。他大口大口地喘着气,努力迫使自己的手指做些他们从没有尝试过的复杂动作,眼里满是恐怖。

尽管他如此努力,最后仍然只是把那根草茎一段一段地折断了。随着碎草落到地上,那掌控的力量离开了他,他又再度冻结,一动不动。

另一个猿人活了过来,开始经历同一个过程。这次的选样比较年轻,适应力比较强,原先那个老的没有做到的事,他做成了。地球上第一个生涩的结,就这样打了出来……

接着,其他猿人做了些奇怪又更没意义的事情。有的把双手平直地伸出去，然后设法把两手手指合拢一起——先是睁着眼睛做，再闭着一只眼睛做。有的不自觉地瞪着晶莹巨石里的一道道图案，这些图案的线条越分越细，最后融合成灰蒙蒙的一团。但所有的猿人都听到一个个高低不同的声响——声响很快地变沉，沉入听觉范围之下。

轮到望月者的时候，他几乎没有丝毫的恐惧。因为他的肌肉扭曲，四肢也在不全是他能主宰之下活动，所以他主要的感受，是一种模糊的愤慨。

不知道为什么，他弯腰捡起了一块小石头。等再站直的时候，他看到晶莹的巨石上已经有了一个新的影像。

网格线和那些移动、跃舞的图案都不见了。现在，取而代之的是一道道同心圆，环绕着一个小小的黑圆盘。

他服从了脑海中无声的指示，笨拙地举起手臂，把石头扔了出去。离目标差了几英尺。

再试一遍，那个指示说。他在四周找了一会儿，才又找到一颗小石子。这一次击中了石板，发出像是铃声的回荡声响。他还有待进步，不过准度已经改善了。

试第四次的时候，他离目标已经只差几英寸。一种没法形容的快乐，几乎像性那么强烈，淹没了他。然后那个控制的力量松开了，除了站在那里等待之外，他不再有想做什么的冲动。

一个接一个，部落里每名成员都一度短暂不由自己。有的成功地执行了设定的任务，但大多数都失败了。不论成败，各自都获得了适当的回报——一阵阵突然袭上心头，或是快乐，或是痛苦的感受。

现在，巨大的石板上光芒均匀一致，没有任何图案，立在那里，就像一块叠印在周围黑暗上的光块。一个个猿人好像从睡梦中醒来，摇摇头，开始沿着小路走回他们的栖身之地。他们没有回头，也没有纳闷为什么会有一道奇异的光亮指引他们回家——同时指引他们进入一个对星空而言也属于未知的未来。

3

学　院

　　巨石停止对他们的心灵施以迷咒、对他们的身体加以实验之后，望月者和他的族人对曾经目睹的景象，也完全没有任何印象了。第二天出去觅食，经过巨石的时候，他们几乎什么也没多想——现在，这只是他们生活中被漠视的一段背景。他们吃不了这个东西，这个东西也吃不了他们，所以，就不重要了。

　　溪边，"对方"照常表演他们起不了作用的威胁。他们带头的，是个只有一只耳朵的猿人，块头和年龄都与望月者相仿，但没有那么壮硕。他甚至一度短暂侵入这边部落的领域，挥舞着双臂，厉声叫吼，一方面是吓吓敌手，一方面也是壮胆。溪水没有哪里超过一英尺深，不过"独耳"越是往溪里走，越是没有把握，也越高兴不起来。没一会儿，他就慢慢停下脚步，然后回头，带着一种夸张的威风走回同伴那里。

除此之外,这天的例行公事都很正常,没有变化。部落采集到刚好足以让他们再活一天的食物。没有猿人死亡。

那天晚上,晶莹的石板又等在那里,播散出脉动的声音和光晕。不过,这次设计的节目有着微妙的不同。

有些猿人完全被略过,节目似乎专注在一些最有可为的主角身上。望月者是其中之一。再一次,他感觉到自己的脑子里,有些好奇的卷须沿着未曾使用过的思路,悄悄蜿蜒而下。而这会儿,他开始看到一些景象。

这些景象也许是在晶莹石板里,也许全在他的脑海里。不论如何,对望月者来说,这些景象是全然真实的。但不知怎的,平常他看到有谁侵入他的领域就会自动去驱逐的冲动,却被抚平了。

他看到一个和乐的家族,场景和他所知道的只有一点不同。神秘地出现在他面前的,有一个男的、一个女的,还有两个小婴儿——他们都饮食饱足,皮肤光滑。这种生活条件是望月者从没有想象过的。他不自觉地摸摸自己凸出的肋骨,而他看到的那种生物,肋骨都隐藏在一圈圈肥油之下。他们自在地散卧在一个山洞口附近,不时起来懒洋洋地活动活动。看得出来,他们和外面的世界相处得很融洽。偶尔,那个块头大大的男的,会打一个震天响的心满意足的饱嗝。

然后就没有其他的活动了。过了五分钟,这番景象突然隐退了。晶莹的石板又恢复为黑暗中发光的轮廓。望月者像是刚从一场梦中醒来，摇摇头，猛然觉察到处身之地，就带领族人往山洞走去了。

他看到了些什么，并未有意识地记忆下来。不过那天夜里，望月者坐在自家洞口思量时，一面仔细聆听四周的动静，一面头一次为一种前所未有的情绪所刺痛——这种情绪还很模糊，但来日将日益强烈。那是一种朦胧又讲不清楚的嫉妒，一种对自己生活的不满。他不明白这种情绪的来由，也不知道如何对待，然而不足的感觉就这样植入他的心中——他朝人性又迈进了一小步。

一夜又一夜，那四个肉嘟嘟猿人的景象反复出现，最后导致一种萦绕不去的愤慨，进而刺激了望月者产生强烈的饥饿感。光是他所看到的，不足以产生这种效果，因此需要从心理上再强化。由于他简单的脑细胞正被扭转成新的形态，现在望月者的生命里也出现一些他将再也想不起的记忆缺口。如果他能熬得过去，那这些新的形态就会永恒内化，因为他的基因会将之传送给未来的后代。

这是件缓慢而冗长的工作，但晶莹的石板很有耐心。不论这一块石板，或是散布在半个地球上的其他一模一样的石板，都没有预期参与这个实验的几十组对象全部能成功。失败一百次也没有关系，只要有一次成功，就可以改变这个世界的命运了。

等到新月再度升起的时候，部落又经历了一场诞生和两起死亡。其中一起是饿死的，另一起则发生在一天夜里的仪式上。那个猿人想把两块石头对准敲一下的时候，突然倒地不起。晶莹的石板马上暗了下来，整个部落也从恍惚中清醒过来。不过倒下的猿人没再动弹，等到早上，当然，尸体又不见了。

第二天夜里没有活动，石板还在分析怎么出了差错。在越来越浓的暮色里，部落鱼贯经过那块石板，完全漠视它的存在。在第二天，石板又准备好要和他们开始了。

四个肥嘟嘟的猿人还在那儿，现在他们做的一些事情就更了不起了。望月者不由自主地颤抖起来，他觉得自己的脑子就要爆掉，很想转头不看。不过，控制他心智的那股力量毫无恻隐之心，不肯放松——他不得不跟着课程做完，虽然他所有的本能都在奋力抗拒。

这些本能，在过去雨水温暖、土地苍翠肥沃、食物俯拾皆是的日子里，曾经为他的祖先所善用。现在时代变了，传承自过去的智慧都成为愚昧。猿人必须调整自己，不然就没的生存——像是那些早在他们之前就消失的块头大很多的动物，现在骨头都封存在石灰岩的山脉里。

因此望月者眼睛一眨不眨地望着晶莹的石板，而他的脑部则开放给仍然还不确定的操控。他不时会感到恶心，但饥饿的感觉更没停过，偶尔，他会下意识地握起拳来——那种握拳的姿势将决定他新的生活方式。

看着一排疣猪呼噜呼噜、东闻西闻地越过小路，望月者猛然停住脚步。由于双方没有利益冲突，猿人和猪一向互不理会。就像大多数不用争夺同一种食物的动物，他们也是井水不犯河水。

可是现在望月者站在那儿看着这些疣猪，心里一面掀起一些他没法理解的波涛，一面又没有什么把握地犹豫不决。然后，就好像在梦里一样，他开始在地上搜寻起来——他要搜寻的究竟是什么，就算他有说话的能力也解释不清楚。他看见的时候自然认得出来。

那是一块大约六英寸长，尖尖的、沉甸甸的石头。虽然不算很合手，不过还算可以。他伸手挥挥，虽然想不通石头的重量为什么突然增加，但感到一种权力和威望的欣喜。他开始走向离自己最近的一只猪。

即使以疣猪不需怎么苛求的智慧来说，这头幼小的猪也是十分愚蠢的。它用眼角瞄到了望月者，不过在事情不可挽回之前，根本没把他当一回事。它干吗要怀疑这些无害的生物有什么恶意？它继续吃它的草，直到望月者的石锤抹去它本来就没怎么清楚的意识。其他的猪继续毫无警觉地吃草，因为这场凶杀来得迅速又悄无声息。

部落其他猿人都驻足看了这个过程，这时他们都带着惊奇的仰慕，围挤到望月者和那个被害者的四周。没一会儿，有一个猿人捡起血迹斑斑的武器，开始捣那只死猪。其他猿人也纷纷随手捞起树枝和石头加入，他们的目标开始血肉模糊地解体。

　　然后他们觉得无聊了，有些猿人走开，有些则犹豫不决地围站在那具没法辨认的尸首四周——一个未来的世界正在等待他们开启。良久良久之后，一名哺乳的女性猿人舔了舔爪子里那块沾满血的石头。

　　望月者尽管目睹了这一切，但是真正了解他再也不必为饥饿所困，则又是很久以后的事了。

4

豹　子

　　他们在无名力量所输入的程序设定下，开始使用的工具都再简单不过，但已足以改变世界，让猿人成为主宰。最基本的工具是可以握的石头，把打击力量增加了好几倍。再来是骨棒，一面拉大攻击的范围，一面又可以抗衡猛兽的尖牙利爪。有了这些武器，徜徉在大草原上的无穷无尽的食物，就随他们取用了。

　　不过他们还需要一些其他的辅助。他们的牙齿和指甲，碰上体积超过兔子以上的东西，就不容易分解。幸运的是：大自然早已经提供了最完美的工具，只是需要懂得取用。

　　开始，是一把很粗糙，但十分管用的刀子或是锯子状的东西。这种形式的工具将足供未来三百万年所使用。说是刀子，其实只是一块还连着牙齿的羚羊下巴骨——到铁器出现之前，这种工具一直没有什么重大改进。再来是一把锥子或匕首模样的东西，也就是瞪羚的角。最后是一种刮擦的工具，用任何一种小动物的完整颚骨就能做得出来。

石棒、牙锯、角锥、骨刮——猿人为了生存下去，需要这些了不起的发明。他们很快就会发现这些工具所象征的力量，但是要他们笨拙的手指掌握足以使用这些工具的技巧，或者说意愿，则还要好几个月的时间。

这种把自然武器用作人工工具的想法确实惊人又聪明，如果给他们足够的时间，也许他们凭自己的努力也想得出来。可是机会对他们太过不利，就算现在，他们还是要面临未来世世代代数不清的失败可能。

猿人已经被赐予第一个机会。不会再有第二个了。未来，名副其实地掌握在他们手中了。

月亮继续阴晴圆缺，婴儿出生，有时能存活；虚弱、无牙，三十岁上下就不免一死。豹子还是在夜里出来吃人，"对方"还是每天在河的对面挑衅，但他们的部落也还是繁荣起来。不过一年的工夫，望月者和他的同伴的模样，就改变得认不出来了。

他们的功课学得很好，现在任何给他们看过的工具他们都可以运用了。有关饥饿的记忆，逐渐从他们的脑海中消退。虽然疣猪开始躲他们，但是在大草原上，还有千千万万数不清的羚羊、瞪羚、斑马。所有这些动物，以及其他的动物，都任凭这些新手猎人宰割了。

现在他们不再因为饥饿而终日昏沉。他们有时间享受闲暇，也有时间展开最原始的思考模式。他们不经意地接受了新的生活方式，但一点也没联想到那块仍然立在通往溪边小路上的石板。就算他们曾经驻足考虑过整个经过，也可能只是自我吹嘘一番，以为改善后的现状全是自己努力的结果。事实上，他们早已忘却其他任何生存形态。

不过，乌托邦没有尽善尽美的。他们的乌托邦也有两个瑕疵。第一个是来去无踪的豹子。猿人的滋养丰富了之后，豹子对猿人的热爱似乎也愈加强烈。第二个是小溪对面的部落。"对方"不知怎的也存活下来，顽强得就是没有饿死。

豹子的问题得以解决，一半是碰巧，一半却要归因于望月者犯的一个严重，甚至可说是致命的错误。不过在他想到这个主意的当时，只觉得太过高明，还高兴地跳起舞来。他没能想到后果之严重，也许倒也不能怪他。

那时他们偶尔还是有些倒霉的日子，不过已经不致有存续之危。这天傍晚时分，他们什么东西也没猎到，望月者带着他疲惫又不快乐的同伴回栖身之处，山洞也在望了。就在洞口，他们发现一个大自然里十分珍贵的宝贝。

一只充分发育的羚羊躺在小径旁。它一只前腿断了，不过斗志还很强。许多胡狼远远地围在四周——它们对羚羊短剑般的尖角仍然十分敬畏。它们可以等，知道只要把时间挨过去就好了。

但它们忘了还有竞争对手，所以等猿人抵达的时候，就恼怒地嘶嚣着撤退。猿人也同样小心地把羚羊围起来，躲在那对危险尖角够不到的距离之外，然后再拿棒子和石头上前攻击。

他们的攻击不算很有效率，也没有协调，等那头可怜的动物挨了最后一击之后，天几乎全黑了。而胡狼正在重新恢复攻击的勇气。又怕又饿的望月者，慢慢觉察到他们的力气可能都会白费。多留在那里一点时间都太过危险。

这时，不是头一次也不是最后一次，望月者证明了他是个天才。通过极力的想象，他勾勒出一番景象：死掉的羚羊安全地放在他自己洞里。他开始把羚羊往崖壁的方向拖去，没一会儿，其他的同伴也理解了他的意图，开始帮他。

要是早知道这件任务有多么艰难，他就不会试了。幸好靠着力气，以及祖先栖身树上所遗传的敏捷，他才得以把那具尸体拖上了陡峭的山壁。好几次他沮丧得哭了起来，几乎要放弃这个战利品，不过一种和饥饿同样深植的倔强，驱动他前进。其他猿人，有时候帮帮忙，有时候帮帮倒忙，更多时候，则只是挡路。不过，最后还是大功告成，夕阳最后一抹余晖从天边消逝的时候，他们把遍体鳞伤的羚羊拖上去，翻过山洞洞口。大餐开始了。

几个小时以后，饱食到撑胀的望月者，醒了过来。黑暗中，不知道为什么，他在同样饱足而横陈的同伴身体间坐了起来，尽力聆听夜色里的动静。

除了他四周沉重的呼吸声之外，什么动静也没有，整个世界好像都沉睡了。月亮高挂天空，洞口外面的岩石，在皎洁的月光下白得像是骨头。任何危险似乎都远在想象之外。

接下来，从山崖底下很远的地方，传来一颗石子滚落的声音。望月者又恐惧，又好奇，于是就爬出山洞的边缘，沿着陡峭的山壁偷偷望了下去。

他看到的景象把他吓瘫了，有好一会儿动弹不得。不过二十英尺下面的地方，两只晶亮的眼睛直直地仰望着他，闪闪发光。他被吓得呆住，根本没有注意到眼睛后面那个花纹斑斑的柔软身体，正无声无息地沿着一块块石头迅捷而上。豹子从没爬到这么高的地方。虽然它一定知道比较低矮处的那些山洞里也有活物，但它根本没理会。现在它是在追另一个猎物，一路循着血迹，追上了月光如洗的峭壁。

紧接着，一阵惊慌的嘶叫声撕破了夜空，是那些住在上面山洞里的猿人所发出的。豹子觉察到自己失去了突袭的机会，恼怒地嘶吼了一声，不过并没有丝毫停顿，因为它知道自己没什么好怕的。

豹子上到山洞外突出的那块窄窄的空地，休息了一下。空中弥漫着血腥的气味，在它细小却凶猛的心头激起了一股强烈的欲望。它毫不犹豫地轻步迈入了山洞。

这时它犯了第一个错误。当它走进月光所不及的范围的时候，就算它的眼睛特别能适应黑夜，还是有那么短暂不利的片刻。部分是因为背着洞口的光影，猿人看豹子，要比豹子看猿人来得清楚许多。猿人都吓坏了，但也不会再坐以待毙。

豹子嘶吼了一声，带着傲慢的自信挥舞着尾巴，往前跨进，搜寻渴望的美食。如果是在空旷的地方碰上这些猎物，它什么问题也没有，但现在猿人陷于困境，绝望给了他们挑战不可能的勇气。同时，他们也头一次有了可以达成这个目的的方法。

豹子头上挨了天旋地转的一击时，它知道哪里不对劲了。它猛力挥出前爪，听到一声惨叫，感觉到柔软的肉在自己爪子下撕裂。然后一阵剧痛，尖尖的东西刺进了它左右两侧的腹部，一下、两下，再来第三下。豹子急急打转，去攻击四周不停地又叫又跳的黑影。

然后又是一个东西猛砸上它的嘴巴。它的利牙一口咬上一个动得很快的白影，但只白费力气地咬碎了一块死骨头。这时，在一种最终、最难以相信的侮辱中，它发现自己的尾巴被从根部拉住。

它打了个转，把这个胆大包天的加害者甩上了洞壁。然而不论它采取什么行动，都没法躲开四面如雨而下的攻击——一双双笨拙却有力的手，舞动着一些粗糙武器而进行的攻击。它嘶吼的声音，从疼痛转为惊慌，从惊慌转为彻底的恐惧。现在，这个横行无阻的狩猎者，转而成了受害者，一心一意只想撤退。

这时它又犯了第二个错误。它在惊恐中忘了自身所在。由于脑袋挨着如雨而下的攻击，或许是昏了头，或许是被打瞎了，不论如何，反正它就猛然跳出了洞口。它一脚坠落下去，发出可怕的一声尖叫。听起来，良久良久之后，它才撞上峭壁半山腰一块突出的石头，发出了"砰"的一声。接着传来的只有一些散落下去的石子声音——这些声音也很快就消失在夜空中了。

望月者陷入胜利的狂欢，在洞口又叫又跳了好长一段时间。他清楚地觉知：他的世界已经彻底改变，面对周围的其他力量，他不再是无能为力的受害者了。

然后他回头进入山洞，在他这一生中头一次，睡了不必惊醒的一觉。

早上，他们在峭壁底下发现了豹子的尸体。虽然死了，还是花了段时间才有人敢过去接近这头被击败的怪物，但没一会儿，大伙儿就都带着骨头做的刀子和锯子围上去了。那场活儿很辛苦。那天，他们没出去猎食。

5

相会于黎明

趁着朦胧的曙色，望月者带着他的部落走向溪边。经过一个熟悉的地点时，他不太确定地停留了一下。他知道，有个什么东西不见了，但是什么东西，却想不起来。在这个问题上，他不想花什么心思，因为今天早上他心头记挂着一些更重要的事情。

像雷电，像云，像日月食，那块晶莹的石板，一如来时的神秘，又离去了。石板消失在未曾存在的过去，再也没有困扰望月者的思绪。

他永远也不会知道那块石板对他的影响——他的同伴在晨雾里簇拥着他时，也没有哪一个好奇，为什么他在走向溪边的时候，要停留那么一下。

"对方"站在溪的那一边。在自己从没有被侵犯过的安全领土上，他们第一次把望月者和十来个部落里的男性看成一幅映着天边曙色的活动檐壁[1]，他们立刻尖叫起来，展开一天例行的挑战。不过这一次没有回应。

望月者和他的同伙，在镇定、毅然以及最重要的沉默中，走下俯瞰河谷的小丘。随着他们的接近，"对方"突然安静了。他们仪式化的愤怒消退，代之而起的是一种恐惧。他们隐约察觉到发生了什么事情，今天这种场面，过去从没有发生过。望月者这一伙所带的骨棒和刀子没有使他们心生警惕，因为他们根本不明白其作用。他们只知道这群对手的动作中深深地散发着一种决心，以及威胁。

望月者他们在河边打住。有那么片刻，"对方"的勇气恢复了。在"独耳"的带领下，他们有点心不在焉地重新唱起战歌。他们只唱了几秒钟，就在一个可怕的场景下目瞪口呆。望月者高高地举起双手，露出刚才一直隐藏在他同伴毛茸茸身体之间的一个东西。他手里举的是一根又粗又结实的树枝，上面插着那只豹子血淋淋的脑袋。豹嘴已经被一根木头撑开了，在旭日最初的光线下，锐利的豹牙闪动着可怕的白光。

"对方"多半都吓得瘫了，动弹不得，但有些则开始蹒跚后退。望月者需要的正是这种鼓舞。他一面继续把那砍下来的战利品

1　檐壁（frieze），指在古典柱式建筑的柱顶盘上，介于上楣与下楣之间作为装饰用的横条，多雕刻图案、花纹等，也称中楣、腰线、横饰带。

高举过头，一面开始渡过小溪。他的同伙犹豫了一下，也跟在他后面溅水而过。

望月者上到对岸的时候，"独耳"仍然站在原地。也许他太勇敢，也许他太愚蠢，所以没有跑；也许他根本没法相信这种冒犯当真会发生。不论英雄还是狗熊，当死亡那冻结的咆哮，砸上他难以理解的脑袋时，最后都没有差别了。

"对方"纷纷尖叫，散进灌木林。但他们很快就会再回来，不要多久，他们就会忘记自己死去的领袖。

有几秒钟的工夫，望月者有些疑惑地站在他新的牺牲者身上。一头死掉的豹子还可以再要人命，这件事太奇特也太美妙了，他想搞清楚是怎么回事。现在他是这个世界的主宰了，但他并不确定下一步要做些什么。

不过，他会想出来的。

6

人类的登场

　　一种新的动物出现在了这个行星上，从非洲的中心往外慢慢扩散。不过，和陆上、海上几十亿只熙熙攘攘的生物比起来，数量还很稀少，因此做个粗略的物种调查的话，可能都会漏过。就这个世界上曾经有那么多比他们孔武有力的野兽都已经消逝无踪来看，目前还没有证据说他们可以生存下去，更遑论日趋繁盛。他们的命运还在摆荡不定。

　　那些晶莹石板降临在非洲之后的几十万年，猿人再没创造出任何新的东西。不过他们已经开始改变，并且发展出一些其他任何动物都不曾拥有的技巧。骨棒延长了他们可及的范围，倍增了他们的力气。面对必须一起竞争的猎食者，他们不再无能对抗。

碰上比较小的肉食动物，他们可以驱离，留下它们的猎物；碰上比较大的，他们起码可以杀杀对方的威风，有时候也可以把对方赶走。

他们的大牙，长得比较小了，因为不再那么重要。锐利的石头，由于可以用来挖地下根茎，也可以切割结实的兽肉或植物纤维，因而开始取代他们的牙齿，这带来了难以估计的影响。猿人的牙齿就算伤到或是坏掉，也不再会让他们就此饿死；即便是最粗糙的工具，也可以让他们多活许多年。随着大牙消失，他们的脸形也开始转变，凸出的嘴巴往内缩，粗宽的下巴变得比较纤细，嘴巴也可以发出一些比较细致的声音。要讲话，还得再过一百万年，不过算是朝着那个方向开始起步了。

然后，世界也开始改变了。四波大冰河期横扫而过，每一波高峰间隔二十万年，在地球到处都留下了标记。热带以外的地方，冰河消灭了贸然离开祖居地的动物，所到之处，没法适应的生物，就一一遭到淘汰。

冰河期过去之后，这个行星上的许多早期生物也跟着消失了，包括猿人。不过，不像其他许多生物，他们有了后代——他们不但没有绝迹，还转化了。工具的制造者，被他们自己的工具所改造了。

在使用棒子和燧石的过程中，他们的双手发展出动物世界里仅见的灵巧，这让他们制造出更精巧的工具，而工具又回头再进一步开化了他们的四肢和头脑。这是一个不断加速、累积的过程，其结果就是诞生了人。

第一批真正的人所用的工具和武器，比起他们一百万年前的祖先所使用的，好不到哪里，不过使用的技巧则大有改进。尤其在先前那神秘的世纪间，不知何时，他们已经创造出一种最重要的工具——虽然这种工具看不到也摸不到。他们学会了说话，因而从时间的手里赢得第一场重大的胜利。现在，一代的知识可以传递给下一代，因而每一代都可以从先人的经历中获益。

不像其他动物只懂现在，人掌握了过去，接着还要开始探索未来。

他也在学习驾驭自然的力量。驯服了火之后，他奠定了科技的基础，远远拉开自己和动物祖先的距离。石头为青铜所取代，青铜再为铁所取代；狩猎为农业所取代；部落演化为村落，村落演化为乡镇。言语可以恒久流传了，这要归功于石头、泥板和纸草上的那些记号。没多久，他就创造出哲学，以及宗教。他在天空中造了许多神——其中倒也不全都是瞎掰的。

随着他的身体越来越没有防御的能力，他的攻击手段却日益可怕了。靠着石头、青铜、铁、钢，所有可以砍、刺的东西，他都掌握在手。甚至相当早期的时候，他就懂得怎样隔着一段距离，把对手击倒。矛、弓、枪，以及最后的导弹，都给了他无远弗届又无坚不摧的力量。

虽然也经常使用这些武器来对付自己，但是没有这些武器，人是征服不了这个世界的。他在这些武器里投入了心思和精神。有很长一段时间，这些武器给他带来许多好处。不过，只要武器存在，他也就活在借来的时间里了。

II

TMA-1

7

特别航班

不论你离开地球多少次，海伍德·弗洛伊德博士告诉自己，这种兴奋的感觉都不会消退。他去过火星一次、月亮三次，其他各式各样的太空站更是多得自己都记不清了。不过，就在即将起飞的时刻，他意识到一股升高的紧张，一种惊异、敬畏，当然，还有兴奋不安之情——这使得他比任何一个头一次接受太空洗礼的地球佬都高明不到哪里。

午夜向总统简报之后，他就搭上飞机从华盛顿赶来这里，现在正朝一个全世界最熟悉但也最令人兴奋的地方下降。沿着佛罗里达海岸，绵延达二十英里，横陈着太空时代最早两个世代的建设。往南边看，一闪一闪的红色警戒灯所勾勒出的，是"土星号"和"海王星号"巨大的火箭平台。把人类送上前往诸多行星之路的这两艘宇宙飞船，现在都进入历史了。接近地平线的地方，沐浴在探照灯下泛着光亮的银色高塔，是最后一架"土星五号"，近二十年来，这是一个全国性的纪念碑，以及朝圣之处。在不远的地方，森然映着夜空，像一座人造山似的庞然巨物，是"载具组装大楼"，仍是地球上最大的单栋建筑物。

不过，现在这些东西都属于过去了，他正在往未来飞去。随着飞机侧弯，弗洛伊德博士可以看到下方迷宫般的建筑群，接着是一条大跑道，然后是一条又宽又直、横越佛罗里达平坦地面的疤痕——这是一条巨大的多轨发射道。跑道尽头，在各种载具和支架的环绕下，一艘宇宙飞船在一片灯光下闪闪发亮，正准备跃入星空。由于速度和高度的急剧改变，弗洛伊德猛然失去了距离感，觉得自己好像在低头看一只在手电筒灯光下的小小银蛾。

然后，地面上那些忙碌奔跑的小身影，让他重新恢复了对宇宙飞船实际大小的感觉，光是窄窄的 V 字形两翼之间，就一定有两百英尺之宽。而那架巨大的载具，正在等着我呢——弗洛伊德心里想着，带点难以置信却又骄傲的感觉。就他所知，整趟任务只为了带一个人上月球，这还是头一次。

虽然已经是凌晨两点钟了，但在他走向泛光灯照亮的"猎户三号"宇宙飞船的路上，还是有一群记者和摄影师拦截他，其中好几位一看就认得。身为"国家星际航行科学会"的主席，记者会是他生活中的一部分。不过这可不是开记者会的时间和地方，他也没什么可说的。不过，不要冒犯传播媒体还是很重要的。

"弗洛伊德博士吗？我是联合新闻的吉米·福斯特。可以就这次航行为我们说几句话吗？"

"非常抱歉——无可奉告。"

"不过今晚稍早的时候，你已经见过总统了吧？"一个很熟悉的声音问道。

"噢——你好，麦克。我恐怕你被白白地从被窝里拖出来了。一切都无可奉告。"

"最起码，就月球上是不是爆发了传染病这一点，你能不能说一声'是'或者'不是'？"一名电视记者问。他一路快步跟着，努力把弗洛伊德的影像圈进手上的微型摄影机里。

"对不起。"弗洛伊德说着摇摇头。

"隔离检疫呢？"另一名记者问道，"还要持续多久？"

"仍然无可奉告。"

"弗洛伊德博士，"一名个子矮小、十分固执的女记者咄咄逼人地问道，"把月球的新闻这样全面封锁，到底有什么正当理由？是不是和政治情势相关？"

"哪来的政治情势？"弗洛伊德冷冷地反问。一阵奚落的笑声响起，接着一个人叫道："博士，祝你一路顺风！"弗洛伊德挤进了登船平台的戒护区。

就他记忆所及，这个"情势"已经久得像是长期危机了。从20

世纪70年代以来，全世界就为两个问题所牵制，很讽刺的是，这两个问题又有互相抵消的倾向。

虽然节育方法便宜又可靠，并且由各大宗教所支持，但还是来得太晚，全世界人口已经多达六十亿——其中三分之一在东方国家。有些国家里，甚至立法限制每家最多只能有两个小孩，不过这些强制规定都证明了不可行。结果，每一个国家都食物短缺，甚至连美国都得挨过一些没有肉吃的日子。尽管很多人奋力开发海中农场，或是人工食品，但是根据预测，十五年内将会发生一场大规模的饥荒。

国际合作的需求虽然前所未有地紧急，但是和过去任何时期都一样，疆界依然无处不在。在一百万年的时间里，人类几乎没有去除多少逞凶斗狠的本能。沿着一些只有政治人物才注意得到的象征界线，三十八个核子强权带着好战的饥渴互相监视。他们所拥有的核弹吨数，已经足以把整个地球的表面去一层皮了。虽然很神奇地一直还没有人用过核子武器，不过这个局面恐怕维持不了多久。

现在，基于一些高深莫测的动机，某些国家正在向一些贫穷小国家提供全套的配备：五十颗弹头外带火箭发射系统。开价不到两亿美元，而且条件好谈。

如某些观察家所言，也许他们只是想挽救自己在走下坡的经济，所以把一些过时的武器系统转化为现金。也许他们发明了极为先进的作战手段，所以不再需要这种玩具——谣传一阵子了，说他们能够经由卫星发射无线电波将人催眠，能够生产控制意识的病毒，甚至能够引发只有他们拥有独门解方的生化疾病遂行勒索。虽然几乎可以确定这些好玩的说法要不是宣传辞令，就是异想天开，然而就此置之不顾也不是安全之道。因此每当弗洛伊德从地球出发的时候都会好奇，等他回来的时候，地球到底还在不在。

他进入客舱的时候，仪容整洁的空姐迎上前来。"早安，弗洛伊德博士，我叫西蒙斯。非常荣幸能代表机长泰恩斯和副机长巴勒欢迎您登机。"

"谢谢。"弗洛伊德微笑着说。他不明白为什么这些空姐讲话，总要弄得像是机器人在导游。

"再过五分钟就要起飞了。"她说，一面指指可供二十人搭乘的空荡荡客舱。"请随便找个位子。不过如果您想看宇宙飞船进太空站的光景，泰恩斯机长建议您坐左手边前排靠窗的位子。"

"那就这样好了。"他一面回答，一面朝他们推荐的位置走去。空姐忙着照料他一会儿之后，就回到客舱后部她自己的小隔间了。

弗洛伊德在座位上坐好，调整腰部和双肩的安全带，把公文包也绑在了邻座上。过了一会儿，扬声器"啪"的一声轻轻打开了。"早安，"是西蒙斯的声音，"这是从肯尼迪中心到一号太空站的三号特别航班。"

看来，即使只为了这一名旅客，她也要坚持走完整个流程。听她执意这样说下去，弗洛伊德忍不住微笑起来。

"我们的航行时间是五十五分钟。最高加速度为2G。我们有三十分钟的时间会处于无重力状态。指示灯亮之前，请不要离开您的座位。"

弗洛伊德回头望去，高声说了一声："谢谢。"他瞄到一个略带羞赧，但是十分可人的微笑。

他靠进座位，放松自己。据他估计，这一趟花的纳税人的钱，要稍微超出一百万。如果此行没有成果，他就要卷铺盖走人。不过，他随时都可以重回大学，继续先前中断的行星形成研究。

"自动倒数程序一切正常。"机长的声音在扬声器里响起，带着广播惯见的单调节奏，令人心安。"一分钟内起飞。"

如同往常，一分钟有如一个小时。弗洛伊德很清楚地感觉到旋绕在四周、正等待释放的巨大力量。在两艘火箭的燃料罐里，还有发射道的动力储存系统里，满蓄着相当于一枚核弹的能量。而所有这些能量的作用，不过是把他送到离地表区区两百英里的空中。

现在已经没那套五、四、三、二、一的玩意了，人的神经系统吃不消。

"十五秒后发射。如果现在开始深呼吸，您会比较舒服一些。"

这真是一种很好的心理，也是生理作用。随着发射道开始把上千吨重量抛向大西洋上空，弗洛伊德感觉到自己吸满了氧气，足以应付任何场面。

很难分得清他们是在什么时候离开发射台升空的，不过等火箭的咆哮声突然加倍之后，弗洛伊德发现自己在座位的护垫里越陷越深。他知道第一节引擎已经启动了。他很想望望窗外，只是现在连转转头也很吃力，不过，也没有不适的感觉，事实上，加速的压力和发动机震人的巨响，令人进入一种十分亢奋的状态。他在耳鸣，血液在血管里跃动。几年以来，弗洛伊德从没觉得如此活力充沛。他又年轻了，他真想放声高歌——这点一定没有问题，因为现在谁也听不见。

这些感受很快消退了——他突然意识到自己正在离开地球，以及他所热爱的一切。在那下方，有他的三个孩子，自从他太太十年前搭上那架飞往欧洲的致命班机后，三个孩子就没有了母亲。（十年了？不可能！不过也太……）也许，为了孩子，他真该再婚的……

压力和声音猛然减缓下来的时候，他几乎已经失去了对时间的意识。客舱的扬声器里说道："准备和下节火箭分离。分离！"接下来有阵轻微的颠簸，弗洛伊德突然想起看过达·芬奇的一段话，那段话挂在美国国家航空航天局的一间办公室里。

> **大鸟将从大鸟的背上起飞，把荣耀归于它出生的巢。**

好了，现在这只大鸟已经起飞了，超出达·芬奇的梦想，而它虚脱的同伴则又飞回地球。这节燃料用光的火箭，将划出一道长达一万英里的弧线滑入大气层，会因距离而加速，最后降落到肯尼迪中心。再过几个小时，经过保养并重新添加燃料，这节火箭又可以再把另一个同伴送往那片它本身永远也去不了的闪烁的寂静中。

现在我们要靠自己了，弗洛伊德想，离进入轨道还有一半的距离。等上节火箭启动，再度加速前进时，这次的推力已经柔和许多——他又感觉到和一般重力相差无几的状态。不过，要行走还不可能，因为要走向客舱前方就是走向"上方"。如果他真的脑袋不清到想离席一下，那一定马上就会摔到后舱的墙壁上。

由于宇宙飞船似乎是直立而上，这种情况令人有点晕头转向。在弗洛伊德眼里，因为他坐在客舱的最前方，所有座位像是钉在一面垂直在身体底下的墙上。他努力不去受这种难受的幻觉所影响，这时宇宙飞船外的黎明展开了。

不过几秒钟，他们便穿过层层艳红、粉红、金黄、澄蓝的雾纱，飞入白昼刺目的白光。虽然为了减低光线的强度，窗上都上了很重的色，穿射而进的阳光还是慢慢扫过客舱，有几分钟的时间，让弗洛伊德陷入半盲的状态。他现在进入太空了，不过根本没法去看星星。

他用双手护住眼睛，想从指缝间偷偷望出身旁的窗口。窗外飞船的后掠翼映着阳光，像是白热的金属般炽烈夺目。四周则是全然的黑暗。这片黑暗中一定满是星星，但是现在一颗也看不见。

重量逐渐在减轻，火箭减速下来，宇宙飞船缓缓地进入轨道。引擎的雷鸣先是减低为轻声的隆隆作响，接着化为低柔的咝咝声，再进入一片寂静。如果不是绑着安全带，弗洛伊德会从座位上飘起来，接着他的胃部也有这样的感觉了。他希望半个小时以前，一万英里之遥所吞下的药丸能发挥该有的作用。在他的工作生涯里只晕过一次宇宙飞船，但一次也就够了。

客舱扬声器里传来机长坚定又自信的声音："请注意所有的0G规定。再过四十五分钟，我们就要对接一号太空站了。"

空姐沿着窄窄的走道，来到右边排得很密的座位旁。她的脚步有点轻飘飘的，双脚在地毯上像是上了胶一样，勉勉强强才能抬开。沿着座船通道和船顶，全程铺着一条亮黄色的尼龙搭扣地毯，她就一直走在这条地毯上。地毯和她便鞋的鞋跟上，都布满了无数细微的小钩子，以便像芒刺一样地钩挂在一起。为了在无重力状态下走路而做的这种设计，确实可以叫晕头转向的乘客放心许多。

"您要不要来点咖啡或茶，弗洛伊德博士？"她愉快地问道。

"不了，谢谢。"他微笑。每次不得不吸那些塑料吸管的时候，他就觉得自己像是个小婴儿。

他打开公文包，要拿出文件，空姐却仍然在他身边不安地徘徊。

"弗洛伊德博士，我可以请教您一个问题吗？"

"当然。"他回答，一面抬眼从自己眼镜的上方望去。

"我未婚夫是个地质学家，在克拉维斯基地工作。"西蒙斯小姐谨慎地斟酌自己的用词，"我已经有一个多星期没有他的消息了。"

"那可真叫人难受。可能他离开了基地，联络不上。"

她摇摇头："他要离开基地的时候都会告诉我。因为有那些谣言……所以你可以想象我有多么担心。月球上那些传染病，是真的吗？"

"就算有，也不必害怕。不要忘了，1998年那次变种流感病毒大流行的时候，我们就做过了一次隔离检疫。当时感染的人很多，不过没死人。我能说的真的只有这些。"他坚定地下了结论。

西蒙斯小姐开心地笑了笑，站直身体。

"不管怎么说，谢谢您，博士。很抱歉打搅您。"

"一点也不会。"他回答得很恳切，却不完全符合实情。接着他回头埋进自己忙不完的专业报告里，想要趁着最后时刻再冲刺一下这些平日积压的公事。

等他上了月球，就没时间读了。

8

轨道会合

半个小时后，机长宣布："我们要在十分钟之内对接太空站，请系好安全带。"

弗洛伊德放下文件，照做了。最后三百英里太空路程很颠簸，要继续阅读是自找麻烦。在火箭动力一阵阵爆发，来来回回推动宇宙飞船的过程里，最好闭上眼睛，放松自己。

几分钟后，一号太空站开始映入他的眼帘，不过数英里之遥。这个直径有三百码的圆盘，缓缓地转动着，太阳照在光亮的金属表面上，闪闪生辉。不远的地方，一架后掠型的季托夫五号宇宙飞船飘浮在同一条轨道里，紧靠在一旁的，是几乎呈球形的白羊座-1B。这是太空里负责粗重活儿的机器，有一边伸出四只粗粗短短的支脚，以便吸收降落月球时的震动。

猎户三号宇宙飞船从一条比较高的轨道降下，把太空站后方的地球也收进壮观的视野。从两百英里的高度，弗洛伊德可以看到很大一块非洲以及大西洋。遮盖的云雾不少，不过他还是可以辨认出黄金海岸蓝缘的外廓。

太空站的中心轴，带着延伸出来的靠接臂，正朝他们慢慢游来。不像太空站本身，这个中心轴并没有随着转动，或者应该说，它正朝相反方向转动，而其速率刚好与太空站本身转动的速率相同。这样，来访的宇宙飞船才能够接上太空站，把人员和货物送进去，而不会被拖着乱转。

很轻很轻地颠了一下之后，宇宙飞船连接上了太空站。外面有一点金属摩擦的声音，然后短暂传来空气气压在调整平衡的咝咝声响。过了几秒钟，气闸门开了，一名穿着短袖衬衫、轻便贴身裤子的男人走进客舱。这身打扮几乎是太空站人员的工作制服了。

"很高兴见到您，弗洛伊德博士。我是尼克·米勒，太空站的安全人员。到穿梭机离开之前，我负责招呼您。"

他们握了握手。弗洛伊德朝那名空姐笑笑，说："请替我向泰恩斯机长致意，谢谢他驾驶得如此平顺。也许回去的路上还可以再见到你们。"

他上一次处于无重力状态，已经是一年多前的事，现在要在太空中恢复走路的感觉，还得一些时候，因此他小心翼翼地一步步抓着把手走过气闸，进入太空站中心轴的圆形大厅。这个圆形大厅到处都有护垫，四壁嵌着许多把手。弗洛伊德紧紧抓稳了一个把手，整个大厅开始旋转，转到配合上太空站本身的转动。

随着速度加快，重力形成一只只隐隐约约、如同鬼魅的手指抓住他，于是他慢慢飘向圆形的墙壁。现在他站在很奇妙的变成了弧形地板的墙上，轻轻地来回摇摆，像是澎湃浪潮里的水草。这时他已经受到太空站转动的离心力影响——虽然在离轴心这么近的地方，离心力还很弱，但是随着他逐渐往外走远，离心力就会一步步增强。

他跟着米勒从中央过境大厅走下一段弧形的楼梯。开始的时候他的重量太轻，因此不得不抓住把手，用力把自己压下去。直到进入这个转动的大圆盘的外层乘客休息区之后，他才获得足够的重量，近乎正常地四处走动。

上次来过之后，这个休息区已经重新装潢，也增添了一些新的设备。除了过去那些座椅、小桌子、餐厅和邮局之外，现在还多了一家理发厅、药局、电影院，还有一家纪念品商店，专卖月球和行星风光的照片及幻灯片，以及一些保证真品的宇宙飞船组件——这都是月球号探测器系列、漫游者号系列与勘测者号系列的组件，用塑料盒装得很整齐，价格则高得离谱。

"我们还要等一会儿，要不要来点什么？"米勒问道，"还得三十分钟才登机。"

"我想来一杯黑咖啡，两块糖。还有，我想打电话回地球。"

"没问题，博士。我去拿咖啡，电话在那边。"

电话亭很别致。离电话亭不过几码的地方，是一道关卡，有两个入口，一个上书"欢迎进入美国区"，一个写着"欢迎进入苏联区"。牌子下方，则是用英文、俄文、中文、法文、德文、西班牙文写着的告示：

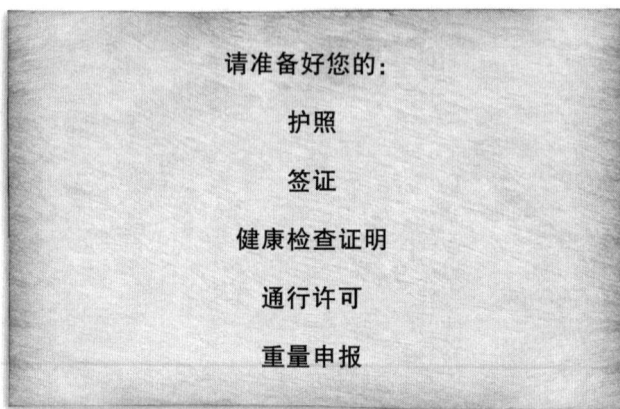

请准备好您的：

护照

签证

健康检查证明

通行许可

重量申报

不论进哪一道入口，一通过那道检验关卡之后，乘客就又可以任意走动在一起，因此，这件事情的象征意义还不算讨人厌。作那个区分，纯粹是为了行政手续上的方便。

确定了一下美国的区域代码还是81，弗洛伊德按下他家里十二位数字的电话号码，把他的多功能塑料信用卡放进插卡孔里，三十秒钟就接通了。

华盛顿还在沉睡之中，天亮还得好几个小时。不过他不会吵到任何人。他的管家睡醒后，会从录音机里收听到他的留言。

"弗莱明小姐，我是弗洛伊德博士。很抱歉我必须这么匆忙地离开。请你打个电话到我办公室，请他们去杜勒斯机场取一下我的车子，钥匙在资深飞行管制官拜利先生那儿。然后，再请你打个电话给谢维·蔡斯乡村俱乐部，留个话给他们的秘书。下个周末的网球比赛，我肯定没办法参加了。请帮我道个歉，我怕他们太指望我。然后打个电话给'城中电子'，告诉他们如果我书房里那台录像机到……嗯，星期三还没修好的话，就请他们把那个烂东西收回去吧。"他喘口气，想想未来几天里还有没有什么危机或问题可能发生。

"你的现金如果不够用，请跟我办公室联络。有什么要紧的事情，他们也可以转达给我，不过我会很忙，不见得能回话。告诉孩子我爱他们，说我会尽可能赶快回来。噢，天啊，来了个我不想见的人——到了月球以后再看能不能打电话，再见。"

弗洛伊德试图从电话亭里躲开，可是来不及了。他已经被发现了。穿过苏联区入口，朝他走来的，是苏联科学院的迪米特里·莫依斯维奇博士。

迪米特里是弗洛伊德最要好的朋友之一，也正因为这个原因，此时此地他最不想见到的人也就是他。

9

月球穿梭机

　　这名俄国天文学家高高瘦瘦，一头金发，没有皱纹的脸孔完全看不出已经五十五岁。由于月球这颗直径两千英里的石头，会遮断地球的电波，所以他最近十年时光都在月球的另一边建造一座巨型无线电观测所。

　　"啊哟，海伍德。"说着，他用力地与弗洛伊德握握手，"宇宙可真小。你好吗？还有你那几个可爱的宝贝？"

　　"都很好。"弗洛伊德亲切地回道，不过口气里有一点点心不在焉，"我们还经常谈起去年夏天你让我们多么快乐呢。"他为自己没法表现得更真诚一点而深感愧疚。去年迪米特里回访地球的时候，他们和这个俄国人在黑海边的敖德萨真的一起度了一周很棒的假期。

"你呢，我看你是要上去吧？"迪米特里问道。

"呃，没错——我再过半个小时就要起飞了。"弗洛伊德答道，"你认识米勒先生吗？"那位安全官已经走过来，手里拿着一个装满咖啡的塑料杯，很有礼貌地站在一段距离之外。

"当然认识。不过，米勒先生，拜托扔掉你手上的东西吧。弗洛伊德博士再没有机会喝点像样的东西了，我们不要浪费这个机会。不，不，我一定要请客。"

他们跟着迪米特里走出主休息区，进入观景区，没一会儿就坐在一盏朦胧灯光下的桌旁，一面还可以看到移动的星空全景。一号太空站每一分钟转一圈，如此缓慢的转动就产生一股离心力，因而制造出一股相当于月亮的人工重力。有人发现：这是在地球重力和完全没有重力之间的一个很好的折中之道，何况，这也给要去月球的旅客一个适应的机会。

在几乎无形的窗户外，地球和星星在寂静中列阵前进。当下这一刻，太空站的这一边正好转到背向太阳，否则休息区里会一下子充满刺眼的阳光，根本没法望向外面。即使如此，几乎占了窗外半个天空的地球，还是非常明亮，一些光亮不及的星星，全都隐没了。

不过随着太空站在轨道上转向地球属于夜晚的那一面，地球正在暗淡下来。再过几分钟，地球就会成为一个巨大的黑盘子，只点缀着城市的灯光。那时，宇宙就又重归星星所有了。

"好吧，"迪米特里开口了，他已经很快地灌下第一杯酒，正在把弄手里的第二杯，"美国区里的传染病到底是怎么回事？本来这一趟我想过去看看，他们告诉我：'不行，教授，很抱歉，在我们接到进一步通知之前，这里要彻底隔离。'我什么关系都使上了，都没有用。现在你可以告诉我到底是怎么回事了。"

弗洛伊德在心底咕哝起来。又来了，他告诉自己。越快登上穿梭机往月球出发，我就会越快乐。

"这个——这个隔离啊，纯粹是为了安全上的预防，"他字斟句酌地说道，"我们根本不确定到底是否需要。不过，我们也不认为应该冒任何风险。"

"可是到底是什么病呢？症状到底是什么？可能是来自外星吗？需不需要我们提供什么医疗协助呢？"

"很抱歉，迪米特里，目前我们奉命不得透露任何事。谢谢你的好意，不过我们还可以处理。"

迪米特里嗯了一声，显然没有被说服多少。"我觉得很突兀的是，他们为什么要派你，一个天文学家，去月球视察一场传染病的问题呢？"

"我只是个前天文学家。我已经好几年不做任何实际研究了。现在我是个'科学知识分子'，也就是说，我对任何事情都一窍不通。"

"那你知不知道什么是TMA-1？"

米勒看来差点要被他的饮料呛住，弗洛伊德则沉着许多。他直视着老朋友，平静地说道："TMA-1？听起来好奇怪。你怎么听来的？"

"那就不要管了。"俄国人回了一记，"你瞒不了我。不过如果你碰上什么自己应付不了的事情，希望不要等到不能收拾了才叫救命。"

米勒示意地看看手表。

"再过五分钟就要出发了，弗洛伊德博士，"他说，"我看我们要起身了。"

虽然他知道其实足足还有二十多分钟，弗洛伊德还是急急站了起来。太急了，忘了这里只有六分之一的重力。他及时抓住桌边，才没飘到空中。

"很高兴遇见你，迪米特里。"他说，虽然不完全是实情，"祝你平安回到地球。我一回去就打电话给你。"

等他们离开休息区，通过美国验照关卡的时候，弗洛伊德说道："呼……好险。谢谢你帮我解围。"

"博士，你知道，"安全官说道，"我希望不要被他说中了。"

"说中什么？"

"说我们会碰上应付不了的事情。"

"我正想去一探究竟呢。"弗洛伊德毅然回道。

四十五分钟后，白羊座-1B登月船脱离了太空站。这儿的起飞不像在地球上需要那么多动力，搞得震天动地，低推力等离子喷气发动机朝太空喷出电离流之后，只发出一阵渺不可闻的鸣笛声。这股轻柔的推力持续了十五分钟以上，由于加速进行得十分温和，所以并不妨碍任何人在客舱里活动。不过等这一阵结束后，宇宙飞船就不像刚才还在太空站上那样和地球有任何关联了。这艘宇宙飞船已经挣脱重力的锁链，本身成为一颗独立又自由的行星，在其自有的轨道上绕着太阳旋转。

　　现在弗洛伊德一个人享用的这个客舱，原先是设计给三十名乘客的。看看四周这么多空座位，想到空乘和空姐全心全意地照顾他一个人，更不要提还有机长、副机长，以及两名工程师，实在很怪异。他想过去历史上大概不会有人接受过如此独家的服务，未来也极不可能。他想起一位名声不太好的主教，曾经有过这么一句挖苦的话："现在教廷是我们的了，好好享受吧。"好了，他可以享受这趟旅程，以及无重力状态的快乐。因为没有了重力，所以他几乎也没什么好操心的了。有人说，在太空中，你可能被吓坏，但不必操心。说得真是太对了。

　　空服人员看来是铁了心，一定要他足足吃满这趟旅程的二十五个小时，而他也不断地挡开一顿顿根本不想要的饮食。在无重力的情况下吃东西并不是大问题，这和早期航天员所恐惧的正好相反。他坐在一张一般的餐桌旁，桌上的盘子都用夹子扣住，和碰上风浪的船上情况一样。所有的菜都有些黏着的成分，以免离开盘碟，在客舱里四处飘荡。因此，牛排是用一种很浓的酱汁黏在盘子上，色拉也用很黏的色拉酱控制住。只要使点技巧、用点心，绝大部分的东西都可以安全地开怀享用，唯一不许的是热汤和非常脆的糕饼。当然，饮料是另一回事，所有的液体都必须装在可以挤压的塑料罐里。

厕所的设计，经过一整代无名英雄自动自发的研发，现在已经公认相当容易使用了。无重力状态开始没多久之后，弗洛伊德就亲自探查了一番。他走进一个小小的隔间里，它的配备和一般飞机厕所相同，只是照明的灯光红红的，让眼睛很难受也很不自在。隔间中有一个标示，以十分显著的字体印着这么一句话：

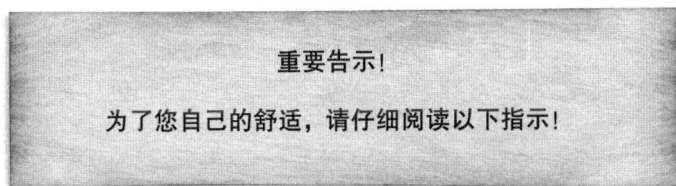

重要告示!

为了您自己的舒适，请仔细阅读以下指示!

弗洛伊德坐下来（就算在无重力状态下，大家还是习惯如此），把告示读了好几遍。确定上次旅程以来没有任何调整后，他按下"开始"钮。

不远处，一部电动马达转动起来，弗洛伊德觉得自己动了起来。就照说明所建议的，他闭上眼睛等待。过了一分钟，有轻轻的铃声响起，他睁开眼睛看看四周。

这时灯光转为柔和的白中带点粉红，更重要的是，他又处于重力状态下了。不过，隐隐约约的振动还是说明这是种伪造的重力状态，是整间厕所像旋转木马一样转动所产生出来的。弗洛伊德拿起一块香皂，看着它慢动作掉落下去。他判断现在的离心力大约是正常重力的四分之一。不过这已经足够了，可以确保所有的东西掉到一个正确的方向——这一点在这个地方最重要。

他按下停止／排出的按钮，又闭上眼睛。随着转动停止，重力也慢慢消失，铃声连续响了两下，红色的警示灯又亮了。接着厕所门卡进一个恰好的位置，让他滑出去进入客舱，他以最快的速度赶快黏在地毯上。他早已经没有无重力状态的新鲜感了，因此十分感激尼龙搭扣拖鞋可以让他能几乎正常走动。就算他什么都不做，只是坐在那里看看东西，可以打发时间的事情也太多了。等他读够了那些正式报告、备忘录，还有笔记之后，他就会把一个大开本的"新闻板"（Newspad）插上宇宙飞船的信息回路，把地球上最新的报道扫描进来。他可以一条条地叫出全球各大重要电子报；比较重要的电子报的代码，他都记在脑子里，不必参考"新闻板"背后所列的代码表。转到显示器的短期内存，他可以停在电子报的首页上，然后很快地寻找重点新闻，标记他感兴趣的条目。每个条目都有两位数的索引，单击，邮票大小的四方形会放大到刚好占满整个屏幕，以便他舒适地阅读。读完了，他可以再重新按回完整的首页，另外选一条主题来仔细研读。

偶尔，弗洛伊德会好奇"新闻板"以及其背后的炫目科技，会不会已经到达了人类寻求完美沟通的极致。他在这遥远的太空之外，以每小时几千英里的速度飞快地离地球越来越远，但是却可以在百万分之几秒的时间里，读到任何他所喜欢的报纸头条。（当然，在电子时代，"报纸"这个词已经是过时的残留物。）内容都是每小时自动更新一次，因此就算一个人只会读英文版本，光是从新闻卫星吸收不断更新的信息流，也足以穷其一生之力。

很难想象这样一个系统还可以怎么改进，或是更方便。不过，照弗洛伊德的猜测，"新闻板"迟早还是会淘汰，被另外一个超出想象之外的东西所取代——就像"新闻板"本身对卡克斯顿（Caxton）或古登堡[1]来说也是不可想象的。

扫读这些小小的电子报头条，经常还会让人勾起一个想法。通信工具越了不起，其内容似乎就越琐碎、庸俗，或者说令人丧气。意外事件、犯罪事件、天灾人祸、冲突威胁、报忧不报喜的评论——亿万个散播进太空的字词里，关切的主题似乎仍然是这些。不过弗洛伊德也怀疑：这一切是否一定就代表糟糕？很早以前他就断定，乌托邦的报纸一定沉闷得要命。

机长和其他机组人员不时会走进客舱，和他讲几句话。他们对

---

1 威廉·卡克斯顿（William Caxton，1422—1492），英国最早运用活版印刷的人；约翰内斯·古登堡（Johannes Gutenberg，1400—1468），西方活字印刷术发明人。

这位贵宾敬畏有加，对他的任务也毫无疑问地燃烧着好奇，不过却克己以礼，绝不发问，也不作任何旁敲侧击。

在他面前坦然自在的，只有那位娇小动人的空姐。弗洛伊德很快就打探出她来自印度尼西亚的巴厘岛，虽然已远离地球大气层，但她身上还带着那个仍然污染不多的岛屿的优雅及神秘。美丽的地球变成一弯蓝绿色的新月，衬着这样一幅背景，那位空姐在零重力状态下表演巴厘岛舞步，是他这趟旅程最奇特也最迷人的记忆。

有段睡觉时间。主舱的灯光熄灭时，弗洛伊德的双臂、双腿都用弹性束条绑紧，以免飘进空中。这个安排似乎很粗陋，不过，在零重力状态下，连这张没有衬垫的躺椅，也比地球上最豪华的床垫舒服。

绑好自己以后，弗洛伊德入睡的速度真是快得可以。不过，睡着睡着，他在一种朦胧又昏迷的状况下醒来一次，被四周奇异的景象彻底搞糊涂了。有那么一阵子，他以为自己置身在一盏光线昏暗的中国灯笼里——是其他隔间隐隐约约透过来的亮光给了他这个错觉。于是他很肯定，也很成功地说服自己："睡吧，孩子。这不过就是一趟平常的月球之旅。"

他醒过来的时候，月球已经盘踞了半个天空，减速操作也要开始了。乘客区这边弯弯的墙上，是一面宽阔的弧形窗户。现在这面窗外看到的不再是逐渐接近的月球，而是一片开阔的天空，于是他走进了控制舱。在这里，通过后视电视屏幕，他可以看到最后阶段的降落。

逐渐接近的月球山丘，和地球上的可截然不同。这里没有白雪皑皑的顶峰，没有仿佛大地贴身衣服的绿色植物，也没有飘动的云朵。然而，在强烈对比的光影下，赋予这些山丘独有的奇特美感。地球上的美学在这里派不上用场，这里的世界，是由尘世以外的力量所塑形；这里经历的时间，是年轻又青翠的地球所没有遭遇过的——相对于这里，地球的冰河期可以说转眼才过，海洋迅速地起伏，山脉就像黎明前的晨雾般融解。这里的年代久远到不可思议，但是这里也并不算一个死去的世界，因为在此之前，月球其实从来也没有活过。

下降的飞船几乎正好介于日夜的分界线上，正下方则是一片锯齿状的阴影，以及一个个光亮、独立的山峰，正好捕捉到月球缓慢黎明的第一道曙光。就算有各种派得上用场的电子辅助仪器，要在这个地方降落还是太可怕了，不过他们正慢慢地飘开，朝着月球上属于夜晚的那边荡去。

随着他的眼睛逐渐习惯比较暗淡的光线，弗洛伊德看到这片暗夜大地也不是全然漆黑。有些鬼魅般的红光映照着，峰谷、平地都因而清晰可见。地球，这个对月球而言的月球，巨大而明亮，正朝这儿洒落一片光辉。

在机长的仪表板上，雷达屏幕闪动着各种灯光，计算机终端机上许多数字明明灭灭，计算着抵达月球的距离。喷气发动机已经开始轻柔而稳定地减速，但要等重力重新恢复，还有不止千里之遥要跨越。接下来似乎过了好几年的时间，月球才慢慢地扩占天空，太阳沉下地平线——终于，视野为一个巨大的环形山所占满。穿梭机朝环形山中央的群峰间降落，这时弗洛伊德突然注意到一个群峰附近有个明亮的光点以规律的节奏闪动。在地球上，这可能是机场的信号灯。弗洛伊德注视着这个光点，喉咙感到越来越紧。这是人类在月球上又建立了另一个据点的明证。

这时，环形山进一步扩大了不知多少——环形山四周的内缘已经消失在地平线外，散布在里面比较小一点的环形山则开始看得出实际大小。有些小环形山，从太空的远处看来虽然很小，但实际面积宽达数英里，可以吞没好几座城市。

借着自动控制，穿梭机滑下星光闪烁的天空，朝光秃秃的地面落下——在近乎满月形状的地球余光下，这片秃地一片幽光。客舱里回响着喷气机的嗡嗡声和电子仪器的哔哔声，但现在有个说话的声音压过了这些。

"克拉维斯控制台呼叫十四号专机，你们降落得很棒。请手动检查起落架锁、液压，以及防震垫充气。"

机长按了各式各样的按钮，一些绿灯闪起，他回话了："所有手动检查完毕。起落架锁、液压、防震垫，全部正常。"

"收到。"月球那边回答。接着降落在无声中继续进行。虽然双方仍然有许多交谈，但都是机器在进行，二元脉冲信号互相闪动，比起它们的制造者缓慢的思考速度，这些机器沟通的速度快了上千倍。

现在有些山峰已经高过穿梭机，离地面不过几千英尺了。那盏信号灯则像颗灿烂的明星，继续在一群低矮的建筑物和怪异的交通工具上方稳定地闪烁。在这段降落的最后阶段，喷气机似乎在演奏一些奇异的音调——搏动时强时弱，对推力作最后的细微调整。

突然，一股回旋而起的灰尘遮住了一切，喷气机作最后一次喷射，穿梭机非常轻微地晃动着，像是在一道小波浪中轻轻摇动的小船。又过了几分钟，弗洛伊德才真正接受了现在弥漫在身边的寂静，以及抓住他四肢的微弱重力。

在没有任何意外，稍微超过一天的时间里，他完成了人类梦想了两千年的不可思议之旅。经过一趟正常、例行的飞行之后，他在月球上降落了。

10

克拉维斯基地

克拉维斯位于南部高地的中央，直径一百五十英里，是月球表面视线所及的第二大环形山。这个环形山年代久远，历经长期火山运动，再加上受到太空里的小行星轰炸，环形山的内缘和谷底都满目疮痍。不过，从上次小行星带来残骸撞击内行星，形成这里的坑洞以来，月球已经享受了五亿年的宁静。

直到现在，克拉维斯环形山的地表和地底才又新出现了一些奇异的骚动，人类正在这儿建立他们在月球上第一个永久桥头堡。紧急的时候，克拉维斯基地可以完全自给自足。所有维生物资，都可以就地取石，通过压碎、加热、化学处理来提炼。氢、氧、碳、氮、磷以及其他大多元素，都可以在月球内部找到——只要有人知道去哪里找的话。

克拉维斯基地是个封闭系统，像个具体而微的小地球，所有维生所需的化学物质都能再生使用。空气经过一间巨大的"温室"来净化，这间圆形的大屋子建在月球表面的下方，屋顶正好紧挨着地表。夜里用强灯，白天用滤过的阳光，一亩亩粗短而青翠的植物生长在温暖又湿润的环境里。这些都是特别变种的植物，主要目的是用来补充空气中的氧，次要作用才是充当食物。

更多食物则是通过化学处理系统及藻类培育得来。长达好几码的透明塑料管里，旋转着绿绿的藻类，虽然对老饕而言不具任何吸引力，生化学家却可以转变为各种只有专家才能分辨真假的肉排。

这个基地的工作阵容，是由一千一百名男人和六百名女人所组成，全都是在出发离开地球之前，精挑细选，又受过高度训练的科学家或技术人员。虽然现在月球上的生活几乎已经没有早期的艰辛、不便以及偶发的危险，不过心理上要承担的压力还是很大，患有幽闭恐惧症的人不该尝试。要从坚固的岩石或凝固的熔岩上切割出一大块地底基地，昂贵又极耗时间，因此标准的一人"起居舱"空间，大约只有六英尺宽、十英尺长、八英尺高。

房间的布置则十分漂亮，看起来很像一间高级的汽车旅馆套房，有沙发床、电视、小型高传真音响，还有一台视讯电话。除此之外，通过室内装潢的一点小技巧，有一面完整的墙，只要单击按钮，就可以转换为一幅逼真的地球风光。有八种景观可以选择。

这种奢华在基地里随处可见，虽然有时候很难跟地球上的人解释清楚为什么有其必要。克拉维斯基地每名男女的训练、交通、居住都花上了十万美元，为了让他们心神自在，再多花一点也是值得的。这和艺术无关，而和神志清醒有关。

要说基地生活，或整体月球生活的好玩之处，低重力一定是其中之一。低重力让人产生一种幸福自在的感觉。然而其中也有危险，并且，来自地球的移民者要花上好几个星期的时间才能习惯。在月球上，人类的身体得学会一套全新的本能反应。生平第一次，得区分质量与重量的差异。

一个在地球上有一百八十磅的人，会很高兴地发现在月球上他只有三十磅。如果他一直以等速沿着直线前进，会有一种就要飘浮起来的美妙无比的感觉。不过，一旦他想改变路线，或是转弯，或是突然打住，那就会发现他一百八十磅的质量，或是说惯性，一磅不少地存在那里。因为这是固定的，不可改变的——不会因置身于地球、月球、太阳，或空空如也的太空而有所不同。因此，任何人在相当适应月球生活之前，都必须懂得现在所有东西的重量，实质都比表象要笨重六倍，通常这堂课要真学到家，都得经过多次的冲撞和摔倒。因此月球上的老鸟都会离那些菜鸟远远的，直到他们真正适应了水土。

由于工厂、办公室、库房、计算机中心、发电机、机件修护厂、厨房、实验室，以及食物处理厂一应俱全，克拉维斯基地本身就是一个具体而微的世界。很讽刺的是，建构这个地下王国的很多技术，其实都是在过去长达半世纪的冷战时期开发出来的。

在特别强化过的导弹基地待过的人，来到克拉维斯一定会觉得很自在。在月球的地底生活，以及应对恶劣的环境，需要同样一套绝活和硬件，只不过已经转化为和平的目的。经过了一万年后，人类总算找到一件有趣不下于战争的事情。

不幸的是，并不是所有的国家都认知到这一点。

降落之前十分壮阔的山岭，已经神秘地失踪——都隐藏到月球弧度陡峭的地平线之下了。宇宙飞船四周，是一片平坦的灰白色平原，在斜斜照下来的地球光之下十分明亮。当然，天空是一片漆黑，除非眼睛可以有些屏护，不受月球表面的强光干扰，否则只能看到一些比较亮的恒星和行星。

几辆造型很怪异的交通工具朝白羊座-1B号宇宙飞船开来，吊车、起重机、维修车，有些全自动，有些则有驾驶员坐在一间小小的增压舱内。其中大多数是使用低压轮胎前进的，因为这里地势平顺，没有交通障碍。不过有一辆油罐车是靠一种特殊的弹性轮前进——这种弹性轮从履带车改良而来，具备履带车的许多优点，已经证明是月球上多功能交通运输的最佳工具。这种弹性轮由一块块的板子排成一圈，每块板子都独立安装，会分别弹起。车子前进的时候碰上起伏的地形，就会调整形状和直径。不像履带车的是，就算有几块板子不见了，还是可以继续运作。

一辆小巴士，带着一条短短的、像是象鼻的延长管，正往上顶着宇宙飞船，热情地挨擦。没一会儿，外面传来一阵乒乓声响，然后管道连接好，气压进行平衡，又传来空气的咝咝声响。内层气闸打开，欢迎代表团进来了。

带头的是拉尔夫·哈佛森，南区的行政官——南区包括的不光是基地本身，任何从基地出去进行探索的团队都包括在内。跟他在一起的，是首席科学家罗伊·麦考斯博士，一位头发灰白、个子矮小的地球物理学家，弗洛伊德前几次来的时候已经认识。另外则是五六位资深的科学家和行政主管。看他们迎接的神色，在尊重中有一种松了口气的感觉，从行政官开始，很清楚地看出，他们都想找个机会卸下心头的忧虑。

"非常欢迎您的加入，弗洛伊德博士。"哈佛森说道，"来得还顺利吧？"

"非常顺利，"弗洛伊德回道，"太棒了。机组人员把我照料得非常好。"

巴士从宇宙飞船边开走，他继续和这些人交换些礼貌上必要的寒暄。大家心照不宣，谁也没提此行的原因。巴士离开降落地点一千英尺左右之后，一块大牌子上面写着：

```
欢迎光临克拉维斯基地
美国太空工兵部队
1994
```

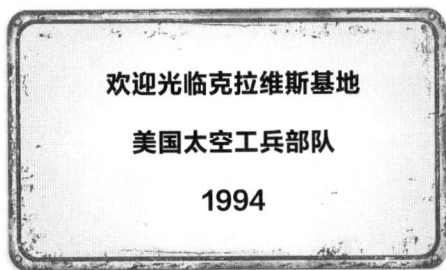

然后巴士俯冲进一个很陡的坑口，很快就进入地底。前方一道大门打开，又在他们身后关上。又有一道，然后还有一道。等最后一道门关上后，空中传来隆隆声响，他们又回到了大气之内，进入了基地可以只穿衬衫的环境里。

他们走过一小段布满管线的坑道，坑道里空洞地回响着节奏规律的捶击与震动声音，随后来到行政区域。弗洛伊德发现自己又重新置身于一个熟悉的环境：打字机、办公计算机、女性助理、挂在墙上的图表，以及不停作响的电话。他们在一扇标着"行政官"的门外停下脚步，哈佛森彬彬有礼地说道："弗洛伊德博士和本人要在简报室里独处几分钟。"

其他人点点头，发出些欣然同意的声音，然后就沿着走道走开了。不过在哈佛森还没来得及请弗洛伊德走进办公室之前，还有点插曲。门打开，一个小小的身影扑到了行政官的身上。

"爸爸！你到上面去了！你答应要带我去的！"

"乖，黛安娜，"哈佛森说道，爱怜的语气中有一丝不耐，

"我说的是如果可以的话，就带你去。可是我今天忙着要见弗洛伊德博士。和弗洛伊德博士握握手吧，他刚从地球来。"

这个小女孩——在弗洛伊德看来有八岁——伸出了一只软耷耷的小手。弗洛伊德一面隐约觉得她的长相很面熟，一面注意到行政官正微笑着看他，笑容里带着一丝促狭。猛然想起怎么回事，他懂了。

"真不敢相信！"他嚷了起来，"上次来的时候，她还是个小婴儿呢！"

"上个星期她刚过四岁生日，"哈佛森很得意地回道，"在这种低重力状态下，孩子都长得很快，不过他们的年纪却不会老得这么快——他们会活得比我们还长。"

弗洛伊德惊异地望着正在点头的小女孩，看出她的容貌有多么高雅，身体的骨架又多么匀称。

"黛安娜，很高兴又遇见你。"他说。接着，也许纯粹是好奇，也许是客套，他忍不住又加了一句："你想不想去地球呢？"

她吃了一惊，眼睛瞪得好大，接着摇摇头。

"那里好脏，摔一跤也会伤到自己。再说，人也太多了。"

所以，这就是太空诞生的第一代了，弗洛伊德告诉自己，未来几年还会有更多人出生。虽然想起来有点难过，不过这也带来了很大的希望。等地球完全被驯服了、宁静了，甚至有点疲倦了，仍然还有空间给那些热爱自由的人，那些强悍的拓荒者，那些永无止息的冒险者。不过他们的工具不再是斧头、枪、独木舟和马车，而将是核电厂、等离子引擎，以及水栽农场。如同所有的母亲，地球一定要和她子女道别的那一天，很快就要到来了。

连哄带吓的，哈佛森设法支开了他固执的女儿，带弗洛伊德走进了办公室。行政官的套房只有十五平方英尺左右，不过具备了典型年薪五万美元的部门主管该有的各种摆设与身份象征。一面墙上挂满了重要政治人物的签名照，包括美国总统、联合国秘书长。另外一面墙上，则几乎挂满了许多名声响亮的航天员签名照。

弗洛伊德坐进一张舒适的皮沙发，接过一杯"雪利酒"——这得感谢月球上的生化实验室。

"怎么样，拉尔夫？"弗洛伊德问道。他先是小心啜饮了几口，接着就放心喝下去了。

"还不坏。"哈佛森回道，"不过，趁还没有进去之前，有些情形你最好先了解一下。"

"什么情形？"

"好吧，我看你可以把它看作是一种士气问题。"哈佛森叹了口气。

"哦？"

"还不严重，不过，马上就快了。"

"新闻封锁。"弗洛伊德淡淡地说道。

"没错。"哈佛森回道，"我的人都快耐不住了。再怎么说，多数人在地球上还有家人，家人很可能以为他们已经死于月球上的瘟疫。"

"听来很难过。"弗洛伊德说，"不过谁也想不出更好的烟幕弹了，反正目前还行得通。对了，我在太空站遇见了莫依斯维奇，连他也信了。"

"那安全部门应该会觉得很高兴。"

"也不必太高兴——他也听说了TMA-1，已经有谣言传出来了。不过，在我们还没搞明白这到底是怎么回事，尤其我们的中国朋友到底有没有在幕后运作之前，还不能发出任何声明。"

"麦考斯博士认为他已经掌握了答案，他迫不及待地想告诉你。"

弗洛伊德擦擦眼镜。"我也迫不及待想听听他的说法。走吧。"

11

异　象

　　简报在一间容纳上百人也绰绰有余的长方形大厅里举行。配有最尖端的光学和电子展示工具，本来应该很像个标准的会议室，不过从大量的海报，钉在墙上的清凉美女、告示，以及业余画作来看，则显示这儿也是当地的文化生活中心。弗洛伊德特别为一组标示牌所打动。收集标示牌的人显然颇有爱心，从牌子上可以看到这样一些信息：请勿践踏草地……双数日不准停车……禁止吸烟……往海滩……小心路过牲口……软土路肩……禁止喂食动物。如果这些标示牌都是真的——看来也的确是真的——从地球上运送过来应该所费不菲。在生存这么艰难的环境里，大家仍然可以拿那些自己不得不离弃的事物，并且他们子女再也难以想起的事物寻开心，其中透着一种很动人的昂然。

有四五十人在等弗洛伊德。看他跟在行政官身后走了进来，大家都礼貌地起身。弗洛伊德一面跟几位熟面孔点点头，一面跟哈佛森悄声说道："简报开始之前，我想说几句话。"

弗洛伊德在前排坐下。行政官走上讲台，向听众席环顾了一番。

"各位女士，各位先生，"哈佛森开口了，"今天这个场合之重要，已经无须我在此多言。非常高兴海伍德·弗洛伊德博士光临。在座各位对弗洛伊德博士都已经久仰，许多人也和他相识。他刚搭乘一艘特殊安排的宇宙飞船来到这里。简报开始之前，他要先跟我们说几句话。弗洛伊德博士。"

在一阵稀疏的礼貌性掌声中，弗洛伊德走上了讲台。他微笑着端详了听众，说道："我只想说：谢谢。总统要我转达他对各位杰出表现的肯定与感谢，我们希望世人不久之后就能够了解各位的努力。我也注意到，"他继续谨慎地用词遣句，"在座各位，有些人——甚至也许可以说大多数人——很想赶快把秘密公布。各位如果没有这么想，也就不是科学家了。"

他瞄到麦考斯博士微微皱起眉头，右颊显出一道长长的疤痕——应该是太空里某次意外留下的。弗洛伊德很清楚，这位地质学家一直非常反对这种做法，管这叫"故弄玄虚，制造紧张的把戏"。

"不过，我也要提醒各位，"弗洛伊德继续说道，"这个情况极为特殊。我们一定要对自己所掌握的事实有彻底的把握，如果我们现在出了任何差错，就不可能再有第二次机会。因此，敬请各位再多耐住一阵性子。这也是总统对各位的期望。

"我要说的就是这些。现在可以开始各位的简报了。"

他走回自己的位子。行政官说道："非常感谢您，弗洛伊德博士。"接着朝首席科学家随意点了点头。麦考斯博士在示意下走上讲台，灯光暗了下来。

银幕上闪出了一张月球的照片。在正中央有一圈十分白亮的环形山。环形山向外，四散出一幅有趣的图案。看来就好像有人往月球表面倒了一袋面粉，朝四面八方溅开。

"这是第谷，"麦考斯说着指向中央的环形山，"从这张垂直俯拍的照片看来，第谷要比从地球上看的时候醒目许多。从地球上看，第谷好像比较靠月球的边缘一带。不过从这个一千英尺上空的角度直接看下来，就会知道这座环形山是月球这半球最醒目的东西。"

他让弗洛伊德多看了一会儿这个众所周知的物体不广为人知的一面，接着继续说道："过去一年里，我们从低空人造卫星上对这个地区进行了一场磁场调查，上个月才刚完成。这就是结果——一张惹出所有麻烦的地图。"

银幕上闪出了另一张照片。很像是一张等高线图，但显示的不是海拔高度而是磁场强度。图上大部分的线都大致平行，彼此有相当的间隔。不过在一个角落，这些线突然集中在一起，形成了一个个同心圆，很像是一块木头上显露出节瘤的孔。

就算是外行人，也看得出月球这个地区的磁场发生了什么很特别的事情。这张图的底部，用大字写着：第谷磁场异象一号（TYCHO MAGNETIC ANOMALY-ONE，简称 TMA-1），右上方则盖了个章：机密。

"起初，我们以为这可能是一块露出地面的磁岩。不过所有地质学上的证据都没法支持这一点。就算是一块很大的镍铁陨石，也制造不出这么强烈的磁场。于是我们决定亲自去看看。

"第一批人什么也没发现。只是寻常的水平岩层，埋在一层很薄很薄的月尘之下。他们在磁场的正中央钻下去，想采集一些岩心标本来研究。钻了二十英尺就钻不动了，于是调查队开始动手挖。当然我可以保证，穿着航天服挖，可不是件轻松的事。

"他们发现自己挖到什么东西之后，就立刻急急赶回基地来了。我们派出了一支更大的队伍，带着更好的设备。他们挖掘了两个星期——挖掘的结果您已经知道。"

随着银幕上的照片换了一张，暗暗的会议室里突然充满一片静寂、期待之情。虽然每个人都看过许多次了，但没有一个人不是躬身向前，似乎想再找到一些新的蛛丝马迹。到目前为止，地球和月球上获准看过这张照片的人，总共不超过一百个。

照片上，一个人穿着鲜红和鲜黄颜色相间的航天服，站在一个挖掘出来的坑洞底部，手里扶着一支以分米为单位的测量员用的标尺。照片显然是在夜里拍的，地点则可能是月球或火星上的任何处所。不过直到目前为止，还没有任何行星曾经出现这样的场景。

穿着航天服的人后方，直立着一块漆黑质地的板子，大约有十英尺高、五英尺宽。弗洛伊德多少有点不吉利地联想到一块巨大的墓碑。四边方正锐利，漆黑得似乎可以吞没任何照落其上的光线。表面没有任何纹路，根本无法分辨其成分到底是石头、金属、塑料，还是人类尚一无所知的什么东西。

"TMA-1。"麦考斯博士几乎带着虔敬的语气声明道，"看来确是前所未见，对吧？有些人认为这个东西的历史没有几年，所以联想到1988年第三次的中国月球远征之旅。我不怪他们这么想，不过，我不相信这种看法——现在，我们从这里的地质证据，已经可以确实地追寻出年代了。

"弗洛伊德博士，我和我的同事，在这件事情上，我们愿意以名誉保证，TMA-1和中国人无关。事实上，它和人类无关——因为它埋下去的时候，根本还没有人类。

"如您所见，这个东西已经大约有三百万年之久。您现在所看到的，是第一个证明在地球之外早就有智慧生命体存在的证据。"

12

地光下的旅程

大环形山地区：位于月球正面中心以南、中央环形山区以东。坑坑洼洼地密布被撞击出来的环形山。许多环形山都很大，其中甚至有月球上最大的一座。北方，有些环形山在撞击后碎裂，形成雨海。除了一些环形山底部之外，几乎到处都崎岖不平。大部分环形山都有陡坡，大多在十到十二度之间；有些环形山底部则近乎平地。

着陆与活动：由于地表崎岖，到处是斜坡，着陆的难度通常都十分高；在某些环形山底部的平地，难度则比较低。活动几乎可及于任何范围，但路线必须有所选择。在某些环形山底部的平地，比较容易进行活动。

建设：由于到处是斜坡和地质松散的大面积区域，一般而言都相当困难。在某些环形山底部，挖掘熔岩的难度很高。

第谷：月海形成期之后出现的环形山，直径五十四英里，坑口高出周围地面七千九百英尺；底深一万二千英尺。拥有全月球最突出的辐射状纹路，有些辐射纹延展超过五百英里。

（摘自《工程人员月球表面特别研究》，陆军本部工兵署，美国地质学调查，华盛顿，1961年。）

现在，活动实验室以五十英里时速横越布满环形山的平原，看来像个架在八座弹性轮上的、超大尺寸的拖车。当然事实远不止如此，这是个自给自足的活动基地，可以容纳二十个人在里面工作、生活好几个星期。真正说起来，它可以算是艘行走于陆地上的宇宙飞船，紧急情况时，甚至可以起飞。遇到断层和裂谷太大或太陡，没法绕道或下去的时候，可以利用底盘的喷射设备跃过障碍。

弗洛伊德盯着窗外，看到延伸在前方的是一条形状很清楚的轨迹，那是几十辆交通工具在脆薄的月球地面所压出的一条带状道路。沿着这条轨迹，每隔一段距离立着一根高高细细的杆子，顶部都装有一个闪灯。从克拉维斯基地到TMA-1这趟两百英里长的旅途上，就算是夜里，离日出还有好几个小时，要迷路也不太容易。

和新墨西哥州或是科罗拉多州高原比起来，这里头顶的星星多是多了许多，亮度则不见得亮多少。不过，一片黑漆的天空里，有两样东西打破了错以为是在地球的幻觉。首先是地球本身，像一个灿烂的标志，挂在北方地平线的上空。从那巨大的半个圆球泄下的光，远比满月的光还要亮上几十倍，整个地面因而覆盖了一片冷冷的青色磷光。

空中第二个特异的景象，是一道往东方天际斜射而上，倒锥形的珍珠色微弱光晕。越近地平线的部分，亮度越强，意味着地平线后方藏有烈焰，除了在日全食的那些短短时刻，这种淡淡的天上光华是地球上的人没法看到的。这就是日冕，通报月球上的日出即将到来，不要多久，太阳就要袭上这片沉睡的地面了。

虽然跟哈佛森和麦考斯一起坐在驾驶席正下方的观测室里，弗洛伊德发现自己的思绪正一次又一次地回到刚才在他面前展开的那道三百万年宽的时光鸿沟；就和任何具备科学素养的人一样，要他思考更长的时间区隔也没什么不习惯的。不过，那只限于星辰之运行，以及没有生命存在的宇宙缓慢循环。其中不包括心灵或心智的活动——在那久远的时间里，没有任何触动感觉的事物。

三百万年！有史以来，历朝君王，兴衰悲喜所构成的无穷长河，在这段惊人的时间跨幅里，占了区区不过千分之一而已。当这个漆黑的谜小心翼翼地埋在这里，埋在月球上这个最光亮也最壮观的环形山下的时候，不光是人类，今天存活在地球上的大部分动物，都根本尚未诞生。

麦考斯博士百分之百地肯定这是埋下去的，并且是刻意埋下去的。"起初，"他这么说，"我宁可希望这个东西可能是某个地底构造的标志，不过我们最新挖掘的结果已经打消了这种可能。它坐落在一大片相同黑色质地的平台上，下方则是没有挖动过的岩石。设计这个东西的……生物，希望这个东西能固定在那里，除非发生大地震。它是为了永恒存在而建造的。"

麦考斯的语气，兴奋中带着怅然。弗洛伊德大有同感。终于，人类最久远的问题之一，有了答案。这个证物打破了所有的疑惑，显示宇宙出现的绝非仅有人类一种智慧生物而已。不过，知道了这一点，再想到绵延无垠的时间，又会有种心痛的感觉。不论打这里经过的是什么，人类都已经与之错过了十万代了。弗洛伊德告诉自己，也许这样也好。只是，我们本来可以从这些生物身上学到多少东西啊——我们祖先还活在树上的时候，人家已经可以横越太空了呢！

月球上的地平线，近得很诡异。再前进了几百码之后，地平线就出现了一块指示牌。牌子下是一个帐篷形的建筑，上面铺满闪亮的银箔，显然是为了防御白昼的酷热。巴士驶过去的时候，弗洛伊德得以趁着明亮的地球光看清牌子上的字：

三号紧急补给站

二十公斤液态氧

十公斤水

二十个MK四型食物包

一个B型工具箱

一套维修工作服

！电话！

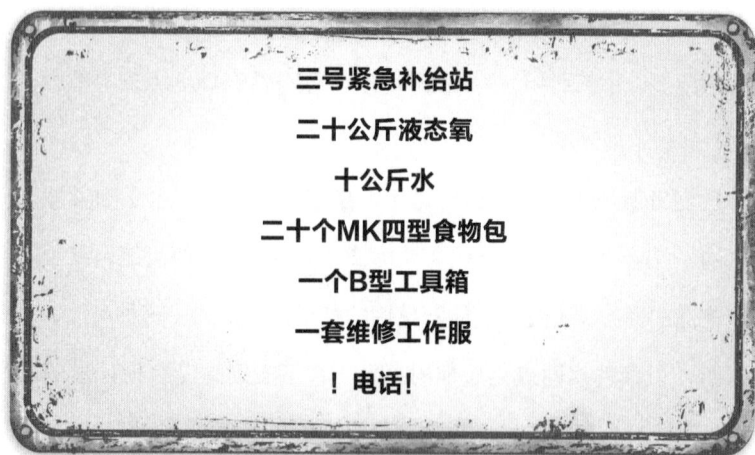

"你有没有这么想过，"弗洛伊德指着窗外问道，"那个东西会不会是哪个探险队留下来的窖藏补给，但他们再也没回来过？"

"有可能。"麦考斯承认，"磁场一定可以标示出它的位置，很容易找到。不过小了一点，装不了多少补给品。"

"为什么不能？"哈佛森插嘴了，"谁知道他们到底有多大？也许他们只有六英寸高，这样的话，那个东西对他们来说就有二三十层楼高了。"

麦考斯摇摇头。"不可能，"他不表同意，"有智慧的生物不可能小到哪里去，脑容量有个起码的大小。"

弗洛伊德注意到：麦考斯和哈佛森经常观点相左，不过看来完全没有私人过节或摩擦。他们应该说是相互尊重，完全可以接受对方不同的意见。

就TMA-1，或者"第谷石板"（有些人喜欢这么称呼，保留了原缩写的一部分）来说，任何人之间都很难达成什么共识。弗洛伊德抵达月球六个小时以来，听了不下十种理论，不过没有接受任何一种。神坛、探测标志、墓地、地球物理仪器——这些也许还算是大家比较喜欢的说法。有些人则越来越热衷于坚持自己的理论。很多人更为此下了赌注。等真相最后揭露的时候——如果的确有那一天——大笔大笔的钞票就要换手了。

到目前为止，麦考斯和同事努力想通过一些比较温和的途径，从那块坚硬的漆黑板块上采样，但都无功而返。他们相信激光束一定切得开它，毫无疑问，没有任何事物能抵抗得了能量那么集中的东西。不过是否要采取如此激烈的手段，决策权则在弗洛伊德手里。他已经决定：他要先试X光、声波探测器、中子束，以及其他一切不具破坏性的调查方法，最后才会出动镭射的重装备。只有化外之民碰上他们不明白的东西才会加以摧毁，不过，和那些制造出这个东西的生物比起来，也许人类本身就是化外之民。

他们到底来自何方？月球本身吗？不，这完全没有可能。这块不毛之地过去就算真有土生土长的生命，经历了最近一次环形山形成期，月球表面大多呈白热状态之后，也荡然无存了。

地球呢？也很不可能。虽然也许不是全无可能。如果真有早在更新世那时就存在的高等地球文明——应该是非人类的文明——那应该也会留下许多其他蛛丝马迹。弗洛伊德想道：我们登上月球之前，早就该有所发现。

这么一来，就只剩下两个可能：其他行星或恒星。不过，目前所有的证据，全都不利于太阳系内其他地方存有智慧生命的可能，或者说得更明白些，不利于地球和火星之外有任何生命的可能。内行星太热了，外行星又太冷了——除非能穿过外行星的大气层，钻进气压高达每平方英寸数百吨的内部。

因此，也许这些访客来自其他星系，但这一点几乎更不可思议。弗洛伊德抬头望向罗列于月球漆黑天幕上的星斗，想起诸多科学家同僚曾经"证明"恒星际旅行是不可能的。从地球到月球之旅已经够可观的了，而最近的恒星，在一亿倍以上的距离之外……任何揣测都是在浪费时间，还是等其他证据出现之后再说吧。

"请绑好安全带，不要有松开的东西。"观测室的扬声器里突然传来声音，"我们要开始四十度的下坡了。"

地平线出现顶端亮着闪灯的标柱，巴士现在已经行走在其间。弗洛伊德才刚整好自己的安全带，车子就缓缓驶过一个陡坡边缘，前往下一道布满石砾、陡如屋顶、极为骇人的漫长斜坡。从后方斜照而来的地球光，现在已无法提供什么照明，于是巴士的泛光灯也打开了。多年前，弗洛伊德曾经站在维苏威火山口往下望进火山内部过，现在他很容易就联想到自己正在往下开进那里。这种感觉可真不好玩。

他们正在开下第谷环形山内部的一处台地。下去大约一千英尺之后，地势才又平了。他们一面开下陡坡，麦考斯一面指给他看底下展开的一大片平地。

"到了！"麦考斯嚷道。弗洛伊德点点头，他已经注意到前方几英里外的地方密密麻麻布满了红红绿绿的灯光。巴士灵活地开下斜坡，他的目光则没离开过那片灯光。这辆庞大的交通工具显然控制得当，不过，直到再驶上平地的时候，他才恢复顺畅的呼吸。

现在他看到一群加压圆顶屋，在地球光下熠熠生辉，好像一颗颗银色的气泡——这个营地的工作人员都居住在这些暂时性的栖身之所里。不远处，有一座无线电塔、一台钻机、一队停放在那里的交通工具，还有一大堆碎石——这应该是为了发掘那块石板而挖出来的东西。野地里这个微小的营地，在无声环伺的自然力量之下，看来十分孤独，也十分无助。这里没有生命迹象，看不出任何足以说明人类为什么要远离家乡，来到这里的线索。

"右边过去，从那座无线电塔过去大约一百码，"麦考斯说，"正好可以看到坑口。"

巴士驶过了加压圆顶屋，来到坑口边上。这就是了，弗洛伊德想道。他俯身向前，想要看得清楚点，心跳也加快了。巴士小心地开下一条石子坡道，进入坑口内部。TMA-1，就和他在照片里看的一模一样，立在那里。

弗洛伊德目不转睛地注视着，眨眨眼，摇摇头，又目不转睛地注视着。尽管地球光照得很亮，但是很难看清楚这个物体。第一眼，他觉得很像是一片用碳纸剪出来的平面长方形，看起来简直没有厚度。当然，这只是视觉上的幻觉，他注视的虽然是那个结实的物体，但是由于它几乎没有反射任何光线，因此他只能看到一个轮廓。

巴士开进坑口的时候，车上鸦雀无声。空气中弥漫着敬畏，以及难以置信之情——在诸多大千世界中，偏偏是这死气沉沉的月球出现如此意外的场景，实在令人难以相信。

巴士来到石板前方二十英尺处，侧身停下，让每一名乘客都可以检视一番。不过，除了完美的几何形状之外，这个东西看不出一点所以然。极致的黑中，看不到任何痕迹，任何不匀。这是纯然的凝结成晶的夜。有那么一霎，弗洛伊德当真狐疑起这是不是在月球诞生过程的高温和高压之下，一种异常的自然形成。不过他也知道，这个缥缈的可能，早已经有人验证过，也放弃了。

坑口四周的探照灯，在示意之下都打开了。明亮的地球光，在更加耀目的灯光下遁形。当然，在月球的真空中，这些光线都完全是隐形的，它们交叠成一个个炫目的白色椭圆，集中打在石板上，而这些白光似乎一落在石板上就被它黝黑的表面给吞噬了。

弗洛伊德突然带着一种不祥的预感想到：潘多拉的盒子就要被好奇的人类打开了。盒子里会出现什么呢？

13

缓慢的黎明

TMA-1营地的主加压圆顶屋，直径只有二十英尺，内部拥挤得很不舒服。巴士通过两道气闸中的一道，和主加压圆顶屋连接起来，多出了一些大家求之不得的活动空间。

在这个由双重充气墙所构成的半球形空间里，有六名现在已经无限期延长任务的科学家和技术人员在里面生活、工作、睡眠。里面还有他们大部分的装备和仪器、所有没法留在外面真空状态的补给品、厨具、盥洗设备、地质采样，还有一台小小的电视屏幕——外面营地的状况就随时通过这个电视屏幕来监督。

哈佛森决定留在加压圆顶屋内的时候，弗洛伊德并不怎么意外。他的理由倒是坦白得令人喜欢。

"我把航天服当作是一种必要之恶，"行政官这么说，"因此一年只穿四次，都是在每季例行装检测试的时候。如果各位不介意的话，我坐在这里看电视就好了。"

他对航天服的偏见，现在有些已经难以成立了。和最早的登月探险家所穿的笨重盔甲相比，最新型航天服的舒适已经不可以道里计。不用一分钟的时间，也不用别人帮忙，就可以穿好，相当自动化。现在将弗洛伊德密密包裹的这套MK5型，不论昼夜，即使发生月球上最恶劣的情况，都可以保护他。

在麦考斯博士的陪伴下，他走进了小小的气闸。等压缩机的振动逐渐停止，包住身体的航天服已经在不知不觉中硬挺起来，他觉得自己被封在真空的寂静中。

这时，航天服里的无线电及时传来声音，驱散了寂静。

"压力状态没问题吧，弗洛伊德博士？呼吸正常吗？"

"是的，没问题。"

弗洛伊德的同伴很仔细地一一检查他航天服外面的各种仪表，然后说道："好了，出发吧。"

外门打开，他们面前展开覆满沙尘的月球景观，在地球光下闪烁着微弱的光。

弗洛伊德步履蹒跚、谨慎地跟着麦考斯走出了气闸。走起来并不困难。事实上，说来矛盾，航天服让他觉得抵达月球之后还没有如此自在过。航天服的额外重量，以及给他动作添加的一点阻力，多少制造了点地球重力的错觉。

他们到此才不过一个小时，外面的光景已经大不相同。虽然天上的星星和半个地球仍然光亮一如往常，但是一个晚上相当于地球上十四天的月球之夜，却几近结束。东方天边上，日冕的光辉像是场冒充的月出，接着，毫无预警地，高伸在弗洛伊德头顶一百英尺的无线电杆，随着接收到隐藏着的太阳的第一道光线，突然炽热得像是着了火。

　　他们等这个项目的主持人和他两名助理走出气闸，然后一起慢慢朝坑洞走去。等他们走到时，一弧难以承受的细细白热光，从东方地平线迸现。虽然月球转动缓慢，太阳还要一个多小时才会越过地平线，但星星都已经消失了。

　　坑洞还在阴暗中，不过坑口四周设置的泛光灯，把坑口内部照得通明。弗洛伊德沿着斜坡，慢慢朝那个黑色的长方形走下去。他感觉到的不只是敬畏，更有一种无助。这里，就在地球的门口，人类正面对一个可能永无解答的谜题。三百万年前，有某种东西打这里经过，留下这个目的不明、未知，甚至根本不可知的记号，然后又回到了他们的行星，或是恒星海之中。

　　弗洛伊德航天服里的无线电打断了他的幻想。"这里是专案主持人。请大家都往这边站一排，我们要拍几张照片。弗洛伊德博士，请您站中间——麦考斯博士，谢谢您。"

　　除了弗洛伊德之外，似乎没人觉得这里面有什么好笑的。坦白说，他必须承认自己非常高兴有人带照相机来了。现在这张照片一定深具历史价值，他自己也想要加洗几张。他希望透过航天服的头盔，自己的脸孔还清晰可见。

"谢谢各位。"摄影师说道。在巨石前面，他们有点不自在地摆了些姿势，摄影师也已经取了十来张的景。"我们会请基地的摄影部门把拷贝送给各位。"

然后，弗洛伊德才把全副精神转回那块黝黑的板子上。他慢慢地绕着板子走，从每一个角落端详，试着把它的奇特深刻地印在脑海里。他并没指望会发现任何东西，因为他知道没有一寸地方没有像放在显微镜底下一样地被仔细检查过。

现在，缓慢的太阳终于升过环形山的边缘，阳光几乎洒满了石板向东的那一整面。不过，黝黑的东西似乎把每一丝光线都吸收得无影无踪，就好像光线从没存在过似的。

弗洛伊德想做个简单的实验。他站到巨石和太阳之间，想看看自己的影子怎样落在光滑的黑色板子上。影子完全无影无踪。这块石板上最少承受了十千瓦的强热，如果里面有什么东西，一定很快就煮熟了。

站在这里，看着这个东西从地球冰河期以来第一次得见天日，真是一番奇异的景象，弗洛伊德想道。接着他又在好奇这个东西之所以漆黑，是不是因为要吸收太阳能——当然，要的话是再理想不过。不过他马上打消了这个念头，因为谁会疯狂到把太阳能驱动的设备埋在地底二十英尺的地方？

他抬头看，地球在晨空中开始由圆而缺了。那儿的六十亿人口里，只有屈指可数的几个人知道有这场发现，等消息最后公布的时候，全世界到底会怎么反应？

政治和社会影响将无与伦比，任何具备一点真正智慧的人，任何视野稍微长远一点的人，都将发现自己的生活、价值观、哲学观要发生微妙的变化。就算TMA-1里发现不了任何东西，而永远成为一个谜团，人类还是会知道，他们在宇宙里并不是仅有的存在。虽然人类和曾经立足这儿的他们错过了几百万年，但他们还是可能会回来，或者，就算他们不回来，也很可能还有其他的。从现在起，所有的未来都将包含这种可能性。

弗洛伊德的思绪在驰骋不已的当儿，他头盔里的扬声器突然传出一阵尖锐的电子声音，好像收音机的报时信号由于电流太强而扭曲，极其刺耳。不由自主地，他隔着航天服想用双手挡住自己的耳朵，接着他恢复镇定，拼命去摸他接收器的增益控制。在他笨拙摸索的这阵子，天外又传来四次同样尖锐的声音，然后，一切又归于静寂。

坑口里，所有人都站着，露出目瞪口呆的神情。所以这不是我的装备出了问题，弗洛伊德告诉自己，每个人都听到了这种尖锐刺耳的电子声音。

在黑暗中历经三百万年之后，TMA-1终于迎接了月球上的黎明。

14

聆听者

　　火星后方上亿英里之处，一片冷寂，人迹未至。"深太空监测者79号"在小行星纠缠交织的轨道间缓缓飘移。三年来，它承接的任务还没出过任何纰漏——这不能不归功于负责设计的美国科学家、负责建造的英国工程师，以及负责发射的俄罗斯技术人员。一台精细的蛛网状天线，截取通过的各种无线电波噪音。在过去远较单纯的年代，巴斯噶曾经天真地称之为"无尽太空之寂静"，现在则是毫无间断的噼啪、唏唑之声。辐射侦测器接收、分析从银河系以及更远的宇宙深处传来的宇宙线；中子和X光望远镜密切注意肉眼视力所及之外的奇异星辰；磁力计观察太阳风所产生的风暴——太阳以每小时百万英里的速度，将纤细的等离子喷向环绕它运行的行星表面。所有这一切，以及其他许多还没谈到的事情，都被"深太空监测者79号"耐心地记录在它澄澈的记忆里。

在许许多多的天线里（现在已经没有人惊叹这些天线的神奇了），有一根永远对准离太阳不太远的地方。如果这里有人观望的话，每隔几个月，可以看到远方这个目标——那是一颗灿烂的星球，邻近还有一颗光亮略弱的伴侣。不过多半时间，那颗星球都隐没在太阳的光亮中。

每隔二十四小时，观测器会把自己耐心储存的信息，整齐地汇聚成五分钟的脉冲，传送回遥远的地球。经过十五分钟之后，以光速前进的脉冲会抵达目的地。专门负责接收电波的机器会等在那里，把信号放大、记录，然后汇总到储藏在华盛顿、莫斯科和堪培拉的全球各个太空中心机房长达几千英里的磁带中。

第一颗人造卫星大约在五十年前进入轨道之后，从太空汹涌而下的信息脉冲难以计数。这些信息全都储存起来，以备有朝一日有助于知识之进展。这些原始素材中，要处理的只有微不足道的一丁点，但是谁也说不准十年、五十年甚或一百年后的科学家会想到要参考其中哪一点观察数据。因此，所有的信息都要存盘记录，堆放在空调恒温的储藏库里。为了避免意外损毁，还复制三份存放在三个中心。这才是人类真正的宝藏，比起那些锁在银行保险箱里、用处不大的黄金，这才是价值连城。

现在，"深太空监测者79号"注意到一种相当奇特的信号——一种很微弱，但是很清楚的扰动，如涟漪般传过太阳系，和它过去观察到的任何天然信号都大不相同。它自动地记下了方向、时间、强度，几个小时后，这个信息就会传回地球。

同样地，一天绕行火星两次的"轨道船M15号"，缓慢运行在黄道面上方的"高倾角探测器21号"，甚至"人造彗星5号"也都接收到了——"人造彗星5号"沿着一条远航一千年也到不了的轨道，往冥王星之后的太空荒野中航行而去。它们全都注意到那股突然干扰到仪器的奇异能量，也都及时自动回报给遥远的地球，储存到内存中。

这四部太空观测器，从相隔几百万英里的不同轨道，传来各自的信号。计算机也许察觉不到这四组特异信号之间的关联，不过等戈达德中心的辐射预测员开始读他的晨间报告时，他一定会知道过去二十四小时里，太阳系里发生了很奇特的事情。

他只读到这段能量轨迹的片段，不过，等计算机把数据投射在"行星现况布告板"之后，这道轨迹将清楚明白，一如飞机横越无云天空所留下的水汽尾，一如初雪之后地上印出的一列脚印。某种非物质形态的能量，投射出喷雾状的辐射，仿佛高速赛艇的尾波，从月球的表面直往深远的星空而去。

III

行星之间

15

发现号

　　宇宙飞船离开地球才不过三十天，戴维·鲍曼已经不时觉得很难相信除了发现号这个小小的封闭世界外，自己还接触过任何其他生命。这么多年来的训练，在这之前所有前往月球和火星的任务，似乎都是上辈子另一个人的事情了。

　　弗兰克·普尔承认有同样的感受，他有时候会开玩笑地感叹说，就算要找最近的精神医师，也远在六七千万英里路以外。不过这种孤绝疏离之感，是很容易理解的，其实也没有任何不正常之处。从人类开始探索太空五十年以来，还没有哪次任务可以和这次任务相比。

　　五年前开始的时候，这个计划本来叫作木星计划，是前往这颗最大行星的第一次载人来回旅程。当时为了这趟为时两年的旅程，宇宙飞船几乎准备妥当了，不过后来有点突兀地，任务内容作了些更动。

发现号还是会去木星，但那不会是终点。航行穿过幅员辽阔的木星卫星系时，她甚至不会降低速度。相反地，她会将这个大天体的重力场当作一种投掷的力量，把自己抛向离太阳更远的地方。像一颗彗星一样，她会掠过太阳系的外缘，来到那个终极的目标：光辉的土星环。她不会回航。

就发现号而言，这是趟有去无回之旅，不过就宇宙飞船上的人员而言，他们并没有自杀的意思。如果一切顺利，七年内他们还是会回到地球——其中五名，在等待目前还没建造的发现二号造好后去拯救他们的过程中，会觉得只不过是刹那间睡了场无梦的冬眠。

在太空航行局所有的说明和文件里，"救援"是个应该小心避用的字眼，因为这里面隐含了计划失败的意思。大家同意的术语是"重取"。如果当真出了什么差错，在远离地球几近十亿英里之外，根本没有什么救援的指望。

如同所有航向未知的旅程，其中的风险也是经过估算的。不过，半个世纪以来的研究，已经证明人工冬眠是完全安全的，并且也开启了太空旅行许多新的可能性。只是直到这次任务，人工冬眠的利用才发挥到淋漓尽致。

到宇宙飞船最后进入环绕土星的轨道之前，这整段向外飞行的过程中，探勘队有三位成员无须参与，可以一直沉睡。这样可以省下大量食物及其他消耗品。还有一点很重要的是，等他们醒来进入工作岗位的时候，可以精神抖擞，不会有航行十个月的疲惫。

发现号将会进入环绕土星的停泊轨道，成为这颗大行星的新卫星。她会沿着一条两百万英里长的椭圆形轨道来回梭行——这条轨道会让她接近土星，也穿过所有主要卫星的轨道。他们会有一百天的时间测量、研究土星——这颗星球的面积是地球的八十倍，周围环绕着最少十五颗已知的卫星，其中一颗甚至有水星的大小。

这里的新奇事物，必定足够几个世纪的研究，而他们这第一批探测队只能执行一些基本的勘察。他们探测到的一切都将发送回地球，就算人员再也回不去，起码探测的结果还在。第一百天结束的时候，发现号会关机。所有工作人员都会进入冬眠，只剩下最基本的维生系统继续运作，宇宙飞船上永不疲累的计算机则会负责监督。发现号就会如此一直绕着土星转动，转动的轨道则经过妥善的测定，就算是一千年后才有人来，也能很清楚地知道怎么找出这艘宇宙飞船。不过，照目前的计划，只要再过五年，发现二号就会抵达。就算多过个两三年，宇宙飞船上沉睡的人员也不会觉得有何差别。因为到时候时间对他们而言将是停止的，一如时间对怀特黑德、卡明斯基、亨特三个人已经停止。

有时候，鲍曼，发现号的舰长，看着三个失去意识的同事冰冻在宁谧的人工冬眠装置里，会觉得相当羡慕。在抵达土星之前，他们没有烦恼，没有责任，整个外在世界都不存在。

不过外在世界却在注视着他们——通过生命感应显示器。在主控甲板大量的仪器设备中，有五个毫不起眼的小小仪表板，上面标示着亨特、怀特黑德、卡明斯基、普尔、鲍曼的名字。后面两个还空白，没有动静。要有动静，得是一年后的事了。前面三个，则闪动着许许多多微小的绿灯，表示一切正常。每个仪表上方都有一个小小的显示屏幕，一组组光标移过屏幕，标示出脉搏、呼吸和脑部活动缓慢的节奏。

有时候，鲍曼会把这些监测系统转到声音输出的状态——他很清楚这是多此一举，真有什么问题，自然会有警示音响起。听着三名同事沉睡中极尽缓慢的心跳，看着屏幕上同步缓缓移过的波线，他会感到一种几乎被催眠的状态。

其中最令人赞叹的，还是那些脑电波图（EEG）——犹如生命独特的印记，证明曾经有这么三个人存在过，有朝一日又将再度存在。清醒中的头脑，甚至正常睡眠中的头脑活动，都有起伏的波线，但是这里的波线却几乎完全没有起伏，没有电流暴增。如果说还有任何丁点残留的意识，那已经是超越仪器所能测度、超越记忆所能涵盖的范围了。

上述这件事，鲍曼也曾亲身经历。在他被选上这次任务之前，曾经测试过对冬眠的反应。他不太清楚自己到底是丧失了一个星期的生命，还是把自己最终不可避免的死亡延后了一个星期。

当他的额头贴上了电极，睡眠产生器启动之后，他曾经短暂地看到一阵万花筒似的图案，以及飘流的星星。然后这些影像隐退，他进入无际的黑暗。他完全没有感受到注射，更别说随着体温降低，他身体最初感受到的寒冷——最后，他的体温降到比冰点高不了几度。

他醒来时，感觉好像根本没闭过眼。不过他知道这只是幻觉。不管怎么说，他相信已经过了好几年了。

任务已经完成了吗？他们已经抵达土星，执行过探测，也进入了冬眠吗？是发现二号已经来到这里，要带他们回地球了吧！

他躺在那里，还在梦境的晕眩中，完全没法分辨记忆中的真假。他睁开眼睛，可是除了一些密密麻麻的模糊灯光让他迷惑了几分钟之外，几乎什么也看不见。然后他认出自己正在看着宇宙飞船状况仪表板上的各种指示灯，不过视线的焦距怎么都对不准，很快他就不再试下去了。

一股股暖风吹过他的身体，除去四肢的寒意。四周一片寂静，但脑后响起轻柔却提神的音乐，音量越来越大……

然后是一个很自在，也很友善，但他知道是计算机制造出来的声音，跟他讲话了。

"你正在恢复情况中，戴维。别起来，不要有任何剧烈的动作。不要试图讲话。"

别起来！鲍曼想道。这可好玩了。他很怀疑自己是不是连手指头都动不了了。不过很意外的是，他发现可以动。

尽管茫然、呆滞，他却有种很满足的感觉。朦胧中他知道一定是救援船到了，所以才启动自动苏醒机制，很快地，他就可以看到其他人类了。很好，但他并没有觉得很兴奋。现在他只觉得饿。当然，计算机已经料到他的需求。

"戴维，你右手边有个按钮。如果饿了，就按一下。"

鲍曼勉强伸出手指找了找，很快发现了那个梨子形状的按钮。虽然他一定知道那个按钮就在那里，却忘了个一干二净。他还忘了多少东西呢？冬眠真的会抹杀记忆吗？

他按下按钮，然后等待。过了几分钟，睡铺伸出一道金属活动臂，一个塑料吸嘴降到他的唇边。他热切地吸吮起来，一道热热甜甜的液体流下他的喉头，点点滴滴让他重新恢复力气。

又过了一会儿，金属臂移开，他又休息了一阵子。现在他可以活动手脚，走路也不再是那么遥不可及了。

虽然他觉得力气已经开始很快地恢复，不过要不是外界又传来进一步的刺激，一直在那里躺下去也是件很愉快的事。这时候又有一个声音跟他说话了。这次是不折不扣的人声，不再是超越人类的内存所组合出的电子脉冲声音。声音很熟悉，但是要分辨是谁的声音还得一些时间。

"嘿，戴维，你恢复得很好啊。现在你可以讲话了。你知道现在你在什么地方吗？"

他为这个问题伤了会儿脑筋。如果他现在真的是在土星的轨道上，那他离开地球后的这几个月都发生了些什么事情？他又开始怀疑自己是不是患了健忘症。很讽刺的是，想到这里，他倒安心了。他既然能想起"健忘症"这个词，脑筋应该还相当不错……

但是他仍然摸不清自己到底是在哪里。在另一头讲话的人显然完全理解他的情况。

"别伤脑筋了，戴维。我是弗兰克·普尔。我正在看你的心跳和呼吸，一切都十分正常。你只要放轻松就好了，不要急。现在我们会开门，把你拉出来。"

卧舱里流进柔和的灯光，映着逐渐拉开的入口，他看到几个活动的影子。刹那间，所有的记忆都回来了，他明白自己在哪里了。

虽然他从最深入睡眠，最接近死亡的边境走过一趟，并且安全返回，事实上却只过了一个星期的时间。等他走出这间冬眠室的时候，他看到的不会是冰冷的土星天空。那是一年以后，十亿英里以外的事。他还在休斯敦太空飞行中心的训练器里，外面是得州的烈日。

16

哈　尔

　　不过，现在得州已渺不可见，连美国也看不清了。虽然低推力等离子引擎早已经关掉，但发现号纤细的箭形躯体还是沿着一定方向往前滑进，逐渐远离地球。而她的高功率光学仪器则全都对准外层空间的各颗行星，那是她目标所在的方向。

　　然而，有一台望远镜却是永远瞄准地球的。这台望远镜好像是准星似的架在宇宙飞船长程天线的边缘上，以便确认这个大碟子精准地锁定远方的地球。只要地球锁定在十字线的中央，保住重要的通信联系，双方的信息就可以沿着无形的电波来来往往——随着宇宙飞船越走越远，每过一天，电波传送的距离就要增加两百多万英里。

　　每次轮值的时候，鲍曼都至少会通过架在天线上的望远镜看一遍家乡。由于现在地球远远地隔在发现号和太阳之间，所以是黑暗的这个半球对着发现号。在中央显示屏幕上看起来，地球像是一弯炫目的银牙月，很像是另一颗金星。

那条一直缩小的光弧，由于云雾的遮蔽，几乎看不出任何可供辨识的地理特征。不过，即使是黑暗的那部分，也还是令人目眩神迷。许多城市点缀成闪亮的光点，有些光点一直稳定地亮着，另外有些随着大气中的一些变化，像萤火虫般明灭不定。

有些时候，随着月亮在轨道上的来来回回，它会像一盏大灯一样把光线投射在地球黑暗的海洋和陆地上。这时，随着认出来的兴奋，鲍曼往往会瞄到一些熟悉的海岸线，在那道诡异的月光之下闪闪生辉。还有些时候，当太平洋波平如镜，他甚至可以看到月光在海面上粼粼的波光，于是也就回想起那些热带珊瑚礁椰林下的夜晚。

把这些美景丢在身后，他并没有遗憾。在他三十五年的岁月里，已经一览而尽，而等他衣锦还乡的时候，也一定要再次饱餐秀色。只是目前在这个当儿，隔着遥远的距离，这些美景格外动人。

对于这些，宇宙飞船上的第六名组员可没有任何心思，因为他不是人类。他是极为先进的哈尔9000型计算机——整艘宇宙飞船的大脑和神经系统。

哈尔（HAL），是个简称，代表"启发式程序化演算计算机"（Heuristically programmed ALgorithmic computer），是第三次计算机

技术突破之后的杰作。计算机技术似乎每隔二十年就会发生一次突破，想到另一次突破又迫在眉睫，很多人都为之操心不已。

第一次突破是在20世纪40年代，早已经落伍的真空管，造就了当时一些笨拙、高速的低能产品，诸如ENIAC以及其替代品等。然后，60年代，固态微电子学臻于完善。有了这一步突破，有一点很清楚了：要打造至少和人类智能同等威力的人工智能，不过一张办公桌大小的空间就可以解决——只要有人摸清建造的原理。

可能永远也不会有人搞得清楚，但也没有关系。在80年代，明斯基（Minsky）和古德（Good）已经证明过神经网络如何自动产生——只要配合一个学习程序，就可以自动复制。人造大脑，可以惊人地比拟人类大脑的发展过程，一步步成长。不论是哪种情况，精确的细节永远难以得知。就算可以得知，其复杂程度也远超过人类理解范围千百万倍。

不论其中的道理如何，最后出现的机器智能，不但可以复制（有些哲学家则还是喜欢用"模拟"这个字眼）人类大脑的大部分活动，速度和可靠性还都远较大脑优越。哈尔9000系列之昂贵不在话下，总共也不过建造了几台，不过那个说什么"粗活劳动最能制造有机大脑"的老掉牙笑话，听来已经有点空洞了。

就这次任务，哈尔所受的完整训练，不下于他的人类同事。而他可以接受的指令，则多出太多倍，因为除了他固有的速度之外，还从不需要睡眠。他主要的工作是监测维生系统，持续检查氧气压力、温度、舱壳漏气、辐射，以及宇宙飞船上脆弱的人类所赖以存活的其他一切关联因素。他也能针对航行进行精细而复杂的校正，要改换路线的时候，也可以执行必需的航行运作。他还可以监看冬眠装置里的人，必要的时候调整一下他们的环境，并且仔细地施放静脉注射液来维持他们的生命。

起初的几代计算机，都是靠那些功能强化的键盘来输入指令，同时仰仗高速打印机和影像显示器来输出结果。必要的时候，哈尔也可以这么做，不过他和这艘宇宙飞船的同伴之间的沟通，大多是用说话来进行。普尔和鲍曼可以把哈尔当成一个人一样地讲话，他也可以用地道的英语来回答——他是在为期不过几个星期的"电子童年期"学会的。

哈尔到底能不能思考，这个问题，早在20世纪40年代，英国数学家图灵（Alan Turing）就回答了。图灵曾经指出：如果有人可以和一台机器展开一场漫长的对话（不论是通过打字机还是麦克风），并且难以区分是机器还是人的回答时，那这台机器就是会思考的——不论怎样来看"思考"这个词的定义。哈尔可以轻松通过图灵测试。

甚至到某个节骨眼上，哈尔还可以承担驾驶整艘宇宙飞船的重任。发生紧急情况时，如果没有人回答他的信号，哈尔会借助电子和化学刺激把冬眠中的组员叫醒。如果他们没有反应，哈尔会发送无线电到地球请求进一步指示。

接下来，如果连地球也没有响应，哈尔就可以采取他认为必要的手段来防护这艘宇宙飞船，继续执行任务。这趟任务的真正目的，只有他自己明白，他那些人类同事则是根本无从想象。

普尔和鲍曼经常打趣，把自己比喻成这艘可以完全自行运作的宇宙飞船上的工友，或是门房。如果他们发现这个笑话里面的真实成分，一定会大吃一惊，并且，应该不只是略有愤慨。

17

巡航模式

宇宙飞船每天的运作，都已经详细地规划好（起码理论上如此），鲍曼和普尔很清楚二十四小时之内每个时刻自己该做哪些事情。他们作业的模式是十二个小时轮流值班，同一个时间，两个人绝不会都在睡觉。当值的人留在主控甲板里，另一个人则负责一般管家的工作，检查检查宇宙飞船，处理一下总是不断冒出来的杂务，或者只是在舱房里休息。

鲍曼虽然名义上是这次任务现阶段的舰长，不过，外人可难以推断。每十二个小时，他会和普尔彻底互换一下角色、位阶和责任。这可以让他们两个人都维持在巅峰状态，减低双方摩擦的机会，并有助于达成百分之百不浪费人力的目标。

鲍曼的一天，是从六点开始——宇宙飞船上的时间，也是天文学家的通用星历时间。如果起得晚，哈尔有各式各样的声响来提醒他的职责，不过还没派上过用场。为了测试，普尔关过一次闹钟，鲍曼则总会自动醒来。

他每天第一项职务，就是把主冬眠定时器再拨前十二个小时。如果这个作业连续漏做两次，哈尔就会认为他和普尔都已经失去行为能力，而采取必要的紧急行动。

接着鲍曼会梳洗一番，做做运动，然后坐下来吃早餐，读无线传真版的《世界时报》。在地球上的时候，他从没有像现在这么仔细地读报纸。就算是最不起眼的社会八卦、一瞬即逝的政治谣言，从屏幕上闪过的时候也令人兴味盎然。

七点的时候，他会到主控甲板把普尔换下来，从厨房里带一杯挤管式的咖啡给他。如果没有要报告的事情，没有要采取的行动（通常都是如此），他就坐下来检查所有仪器的读数，然后执行一系列用来发现可能故障的测试。十点的时候，这些程序结束，他开始一段学习时间。

鲍曼这辈子多半时间都在当学生，到他退休之前还会一路当下去。这要感激20世纪教育训练和信息处理科技的革命，他已经拥有相当于两三个大学教育的学力，更重要的是，他学过的东西百分之九十都可以记住。

五十年前，他会被认为是个应用天文学、自动控制，以及太空推进系统方面的专家。不过，他从心底里不承认自己是什么专家。

鲍曼一直没法把兴趣只集中在单一学科上。尽管他的指导教授都给过他严重的警告，他还是坚持硕士学位要主修"航天学总论"。这门课的课程设计重点不清，目标天马行空，专门开给那些IQ徘徊在一百三十左右、绝不可能在这一行出类拔萃的人。

他的决定是对的，正因为他拒绝走专家之路，反而使他独一无二地适于目前的任务。弗兰克·普尔的情况也是大致如此——这个偶尔自嘲为"太空生物学医生"的人，也因为如此而雀屏中选，出任他的助手。他们两个人，加上必要时还有哈尔大量储存的信息，足可以应付这次航行可能发生的任何问题——只要他们保持心智清醒、灵敏，并且不断翻新记忆，确保不忘所学。

因此，从十点到十二点，有两个小时的时间，鲍曼会和一名"电子教师"进行对话，或是检查一下自己的一般知识，或是吸收一些针对这次任务的特定数据。他会不停地浏览宇宙飞船结构图、电路图、航线表，也会努力消化有关木星、土星，以及其辽阔的卫星群一切已知数据。

中午时分，他会回到厨房准备午餐，宇宙飞船则交给哈尔。即使在厨房里，他还是可以随时了解状况，因为这个小小的起居间兼餐厅的空间里，摆设了另一台复制的状况显示板，哈尔也可以随时联络到他。普尔会和他一起用餐，然后回去睡六个小时。用餐的时候，通常他们会看一段地球传来的一般电视节目。

他们的菜单，也和这次任务的每个环节一般，精心规划过。食物多半经过冷冻干燥处理，精挑细选，把处理程序简化到最低，风味也一贯绝佳。只要打开包装，倒进小小的自动烹饪器，煮好的时候就会"哔"地响一声通知。他们可以尽情享用各种口感以及观感俱佳的食物。如橘子汁、蛋（各种做法）、牛排、猪排、烤肉、新鲜蔬菜、什锦水果、冰激凌，甚至刚出炉的面包。

午餐过后，十三到十六点，鲍曼会缓步仔细巡视一遍宇宙飞船，或者说宇宙飞船里的可及之处。发现号的长度几乎有四百英尺，不过组员所占用的小天地，全挤在加压舱直径四十英尺的球体空间里。

所有的维生系统，以及整艘宇宙飞船的运作心脏——主控甲板——都在这里。加压舱底下，是一个配有三道气闸的小型"太空机库"。需要进行"舱外活动"时，刚好容得下一个人的动力小艇，就可以从这里出去到太空。

球体加压舱的中线区，也可以说是从"南回归线"到"北回归线"那一段，包着一个直径三十五英尺，慢慢转动的圆桶。随着它每十秒钟转动一圈，这个称作旋转木马也好，离心机也罢的东西，会产生相当于月球重力的人造重力。这有助于防止身体在完全无重力状态下逐渐萎缩，也可以让生活起居上一些日常行事，得以在正常状况，或者说是近乎正常的状况下进行。

因此，在这个旋转区里有烹饪、饮食、卫浴等设施。要料理一些热饮，只有在这里才安全——在无重力状态下，滚水水珠会一颗颗飘浮，把人严重烫伤，很危险。修面问题也是在这里解决——刮下来的髭须，这才不会四处飘荡，损害电力设备也危及健康。

旋转区的边缘上，有五间小小的舱房，五位航天员照他们的喜好各自布置，自己私人的东西都放在里面。目前只有鲍曼和普尔在使用，将来会使用另外三间的人则在隔壁的"电子棺材"里沉睡着。

需要的时候，旋转区的转动可以停止，这时，角动量一定要储存在一个飞轮里，等重新开始转动的时候，再转换回去。不过正常状况下，都让它定速转动。因为这个慢慢转动的圆筒状空间里，有一根杆子穿过中央部位的零重力区，即使在转动中，组员只要双手交替握着杆子前进，就可以很容易地进入旋转区。只要试过几次，要站上这个旋转区很容易也很自然，和站上一个电扶梯没什么差别。

球体加压舱是一段一百多码长的箭形结构的尖部。就和所有打算深入外层空间的交通工具一样，发现号要进入一个大气层，或者要和任何一个行星的重力场相抗衡的时候，都太脆弱也太不够流线。她是在环绕地球的轨道上组合起来的，经过月球外的处女航测试，最后在月球上方的轨道上通过检测。她是个纯太空的产物——看得出来。

紧邻在加压舱后方，是一组四个很大的液态氢罐。再后面，是一个长长纤细的V字形散热片，把核能反应器里没有用途的热散发出去。散热片内部布满精细的格状管线，供冷却液流通，看来就像是巨型蜻蜓的两只翅膀，从某些角度来看，这使得发现号乍看之下有点像是古时候的帆船。

V字形的尽头，离组员舱三百英尺的地方，是那重重防护的地狱——核能反应器，以及等离子引擎借以产生白热物质的一组聚焦电极。几个星期前，这里的复杂结构就已经发挥功能，把发现号推出了环绕月球的停泊轨道。现在这个反应器只是在小幅度地运转，制造可供宇宙飞船使用的电力，至于发现号在全力冲刺加速状态下会发出樱红色光的散热片，目前则是冷冷暗暗的。

要检查宇宙飞船的这个区域，虽然需要到舱外，不过借助一些仪器和遥控的电视摄影机，还是可以完整地了解情况。现在鲍曼就觉得自己对这个散热器、各个仪表板，以及布满其中的每一寸管线都了如指掌。

十六点的时候，他会完成检测，向任务控制中心提出详尽的口头报告，一直报告到对方传来已经收听到的信息。然后他会关掉自己这一方的传送开关，听听地球那边说什么，再针对需要回答的问题予以回复。十八点的时候，普尔会醒过来，他就可以交班了。

他会有六个小时随自己安排的闲暇时间。有时候他会继续自己的学习，有时候听听音乐，有时候看看电影。多半时间他都在宇宙飞船上无穷无尽的电子图书馆里流连忘返。他尤其为人类过去所缔造的各种伟大的探险所着迷——在他的情境中，这是可以理解的。有时候，他会和皮亚西斯[1]一起穿过赫拉克勒斯之柱，沿着才刚从石器时代浮现的欧洲海岸线，一路冒险，几乎接近冰雾深锁的北极。或者，时间向后拉两千年，他会和安森[2]一起追击西班牙的马尼拉槎船，和库克船长沿着澳洲大堡礁未知的险境扬帆前进，也和麦哲伦一起完成第一次环球航行。他也开始阅读《奥德赛》——没有哪一本书可以跨越时间的鸿沟，如此生动地向他娓娓细诉。

想轻松一下的话，他会找哈尔玩各式各类半数学性质的游戏，包括跳棋、西洋棋、多方块等等。哈尔使出全力的话，一盘也不会输，不过这样对士气打击太大。因此哈尔的程序被设计为只有百分之五十的胜率，而他的人类对手则装作不知道这件事。

鲍曼一天的最后几个小时用来整理舱房和处理一些杂务，然后在二十点的时候再次和普尔共进晚餐。接下来的一个小时，他则可以和地球收发私人通话。

鲍曼和他所有的同事一样，没有结婚。要一个有家室的男人出这么漫长的任务，没有道理。虽然也有许多女士答应一定会等到探测队回来，但没有人相信。开始的时候，普尔和鲍曼一个星期里总

---

1 皮亚西斯（Pytheas），公元前4—公元前3世纪的古希腊探险家、地理学家，第一位记录月亮会影响潮汐的人。
2 乔治·安森（George Anson，1697—1762），英国著名海军将领，两次出任英国海军大臣，曾参与西班牙王位继承战争和四国同盟对西班牙战争。

会打一通相当私密的电话——虽然明知地球那一端的电话回路上一定有许多人在监听，不免使他们的谈话有所节制。不过，这次出航才不过刚开始不久，他们和地球上的女孩子亲热又频繁的通话就已经逐渐消失了。这是意料中的事——如同过去航海的人，航天员也要接受这种生命里必然的惩罚。

的确，尽管声名狼藉，海员可以在各个港口里寻找慰藉；不幸的是，在地球之外，却没有热带岛屿，没有肤色黝黑的女郎。当然，太空医生以他们惯有的热情处理了这个问题——宇宙飞船上的药物可以提供一些尽管没那么精彩，但还算适当的替代途径。

终止当天与地球的通信之前，鲍曼会再提出最后一次报告，并且检查哈尔是否把这一天所有的仪器记录都传送出去。然后，如果喜欢的话，他会花一两个小时读读书或看看电影，然后在午夜时分入睡。通常，他不需要借助任何电子催眠。

普尔的时程和他的一模一样，彼此时间表配合得恰到好处，没有任何摩擦。两个人的时间都排得很满，双方都聪明又懂自我调整，所以根本没有吵架的机会。就这样，这趟航行进入一个舒适又毫无波折的例行过程——只有在数字时钟转变的数字之间，才看得出时间的流逝。

发现号这支小队伍的大愿望，就是在未来的几个星期、几个月里，不要有任何事情破坏眼前这宁谧而单调的日程。

18

穿过小行星带

周复一周，发现号像是一台奔驰在完全预定轨道上的电车，掠过火星的轨道，继续朝木星而去。有别于那些在地球上横越天空或海洋的交通工具，她一点也不需要有人控制驾驶。她行进的路线是由重力定律所定，不会碰上地图上没有的浅滩，也没有可能搁浅的礁石。在她和无穷远的星辰之间，没有任何交通工具（起码没有人类打造的），因此也丝毫没有和其他宇宙飞船相撞的危险。

然而她目前正在进入的太空，可绝不是一片虚空。前方有一百万颗以上的小行星交织成一片危险地带，其中只有不到一万颗小行星的轨道曾经为天文学家精准地计算过。直径超过一百英里的只有四颗——其余绝大多数不过是些漫无目标的在太空中转动的大石块。

他们拿这些小行星一点办法也没有。在每小时数万英里的速度下，就算是最小的一颗小行星撞上发现号，也足以叫这艘宇宙飞船彻底粉碎，不过，发生这种情况的概率微乎其微。一般而言，在左右各一百万英里的空间里，只会出现一颗小行星，因此要说发现号正好会在同一时间来到某颗小行星的同一位置，大概是他们组员最不需要操心的事情。

第八十六天的时候，他们依照预定行程，前进到最接近一颗已为人知的小行星的距离了。这其实是块直径五十码的石头，没有名字，只有7794这个数字，1997年月球观测所发现以后，除了小行星局那些耐心的计算机外，大家都忘在脑后了。

轮到鲍曼值班的时候，哈尔马上提醒他这个即将面临的情况——其实，整趟航程就这么一个预定的事件，鲍曼不可能忘记的。小行星相对于各恒星的行经轨道，以及最近距离时候的坐标，都已经显示在屏幕上。同时列出的，还有一些要进行或是要尝试的观测项目。等7794在区区九百英里外，以每小时八万英里的相对速度闪过的时候，他们一定会十分忙碌。

鲍曼要哈尔打开望远镜的显示画面，屏幕闪出一片光点稀疏的星域。上面看不出任何像是小行星的东西，就算已经放大到最大，所有的影像仍然只是些没有体积的光点。

"把目标网格线给我。"鲍曼提出要求。四条淡淡细细的线马上出现，框出一个微小而不可分辨的星星。他仔细看了好几分钟，狐疑哈尔是不是搞错了，接着他看到那个小小的光点在移动，映着背景的星星，缓慢得难以觉察。也许，它可能还在五十万英里之外，不过看移动就可以知道，就太空中的距离而言，它已经近在咫尺了。

六个小时后，普尔也进入主控甲板的时候，7794的亮度已经强了好几百倍，现在映着星星移动的速度极快，无须怀疑它的身份了。它也不再只是一个光点，已经开始呈现一个清晰可见的圆盘。

他们望着太空中掠过的那块小石头，心情好比那些在海洋上长期颠簸的水手，绕过一个他们没法登陆的海岸。虽然他们非常清楚7794只是块没有生命，没有空气的石头，然而心情并没有两样。去木星的路上，两亿英里的距离内，他们再不会碰到其他任何结实的东西了。

通过高倍望远镜，他们可以看到小行星的形状非常不规则，一路缓慢地翻转。有时候它看来像是一个扁平的球体，有时候像是一块初具形状的砖头。转动一次，时间刚好超过两分钟。小行星的表面，显然随机散布着一些斑斑点点的明暗光影，结晶物质的平面或凸起不时在阳光下闪动，像是一扇在远方闪烁生光的窗户。

它以近乎每秒三十英里的速度飞掠而过，他们只有忙乱又兴奋的几分钟可以近距离观察。自动摄影机拍了几十张照片，导航雷达折返的回波也小心地记录下来，以供未来分析——时间只够他们做一次撞击探测。

这次的探测器未携带任何仪器，在这种超高速度下相撞，什么仪器也留不下来。他们只是从发现号上，朝着会和那颗小行星相遇的方向，发射一个小小的金属弹丸。

随着时间一秒秒接近撞击，普尔和鲍曼等待的心情越来越紧张。这次实验，虽然基本上很简单，却要把各种设备的精准度都动用到极限。他们是在几千英里的距离外，要瞄准一个直径百英尺的目标……

映着小行星阴暗的区域，突然出现一道炫目的爆炸亮光。小小的弹丸以流星的速度撞上之后，在一瞬间把所有的能量转化为热。一股白热的气体短暂地腾入太空，发现号上，摄影机则同时把快速消失的光谱线条记录下来。地球上的专家会加以分析，希望找到足以解读发出白热原子的蛛丝马迹。如此，小行星外壳的成分，将头一次被解析。

不到一个小时，7794已经又是一颗越来越小的星星，看不出圆盘的模样。等鲍曼下次再来看的时候，已经彻底消失了。

他们又孤独了。他们将持续孤独，直到木星最外围的卫星朝他们涌来——那又是三个月后的事了。

19

通过木星

虽然还在两千万英里之外，木星已经是前方天空中最显著的物体了。现在这颗行星像是一个淡橙色的圆盘，相当于地球上看到的月亮一半大小，环绕在行星外的一道道平行黑色云带则清晰可见。沿着木星的赤道线来回穿梭的，是耀目的木卫一艾奥（Io）、木卫二欧罗巴（Europa）、木卫三盖尼米得（Ganymede）和木卫四卡利斯托（Callisto）——这些星球在别处早已自成行星，但在这里却只能跻身为拱绕巨星的卫星。

木星在望远镜里灿烂夺目——这个色彩万千、带着斑点的星球似乎充塞了整个天空。要掌握它实际大小是不可能的，鲍曼只能不断提醒自己，木星的直径是地球的十一倍——但有很长一段时间，这只是个没有意义的数字。

后来，从哈尔的记忆单位里调出带子检视摘要数据时，他看到一样东西，突然理解到这颗行星之巨大到底有多么惊人。那是一张图画：将地球的整个表面剥下来，像一张动物皮似的钉在木星这个圆盘上。衬着这个背景，整个地球陆地和海洋加起来的大小，顶多和地球上印度的大小差不多。

等鲍曼把发现号上的望远镜调到最高倍数，他发现自己像是飘浮在一座略带扁平的星球上空，俯视着一片片流云——在这颗大星球的快速转动下，这些流云都形成一道道的云带。有时候，这些云带凝结成一丝丝、一团团，甚至大至整片大陆的彩色蒸气；有时候，这些云带之间又被一座座长达数千英里的暂时性云桥所连接。隐藏在这些云带之下的各种物质之丰，睥睨整个太阳系。鲍曼很好奇，除此之外，下面还可能隐藏着什么！

木星真正的地表，永远为这片动荡的云层所遮掩。云层之上，有时候会滑过一个个黑圈圈。这是内层卫星打远方的太阳前面经过，因此影子在无边无际的木星云层上摇曳而过。就算在这里，离木星还有两千万英里的距离，已经有许多其他小得多的卫星。但这都只是一些飞行的巨块，直径不过几十英里，宇宙飞船的行进路线不会接近任何一个。每隔几分钟，雷达发送器会集中力量，传送出无声的振动——然而，虚空之中，没有新发现的卫星所反射回来的回音。传回来越来越清楚的，是木星本身的无线电声音。1955年，太空时代正要展开的前夕，天文学者惊骇地发现：木星可以在十米波段上发送出上千万马力的电波。就像地球有范艾伦辐射带，这个行星也有许多带电的粒子在绕行，只是规模大了许多——这些噪音则是这些形成光圈的带电粒子所带来的。

在主控甲板的孤独时刻中，鲍曼不时倾听这些无线电的声音。他会把音量开到整个房间都充塞了这种唏唏哗哗的声音，其中，在不规则的间隔中，又会传来一阵阵好像发狂的鸟叫，短促而尖尖颤颤。这真是一种诡异的声音，和人类的关系是如此漠然——这也真是一种孤寂而无意义的声音，一如浪涛冲上沙滩的沙沙声响，或远在地平线外的隐隐雷鸣。

即使以发现号目前超过每小时十万英里的航行速度来说，要跨越这许多木星卫星的轨道，也得将近两个星期的时间。围绕着木星的卫星，要多过围绕着太阳的行星。月球观测所每年都会发现一些新的卫星，目前总数已多达三十六颗。最外层的是"木卫二十七"——它以不甚稳定的路线，从它临时的主人那儿后退了一千九百万英里。它是木星和太阳永不止息的拔河赛中，互相争夺的战利品。木星会不断地从小行星带里攫取一些俘虏，当作自己短命的卫星，过几百万年后再度失去它们。只有内圈的卫星才是木星永久的臣属，太阳夺取不了。

在这场重力场之间的战斗中，现在出现了新的猎物。发现号正循着一条复杂的航道向木星加速行进——这条航道是几个月前地球上的天文学家所计算出来的，然后再由哈尔一路不断地检验。每隔一段时间，当他们就航道进行一些微细的调整时，管控喷射器里就会自动发出一些轻微的推动，轻微到宇宙飞船上几乎没有觉察。

通过跟地球的无线电联系，各种信息都会稳定回传。但他们实在离家太远了，尽管他们的信号已经以光速在前进，还是要花五十分钟才能走完一趟。虽然全世界都从他们身后注视着这一切，通过他们的眼睛和仪器看着木星一步步接近，然而他们所发出的信息却要用将近一个小时的时间才能传回地球。

宇宙飞船穿越木星的内圈卫星轨道时，望远摄影机一直不停地拍摄——这些巨大的卫星每个都比月球还大，每个都是未知的领域。在通过木星表面前三个小时，发现号以不到两万英里的距离越过欧罗巴。随着欧罗巴越来越大，形状从球形转为新月形，并朝太阳快速移动，宇宙飞船上所有的仪器都瞄准着这颗逐渐逼近的星球。

到此刻之前，这一片广达一千四百万平方英里的土地，在最强力的望远镜中也没大过针头的大小。但再过几分钟，他们就要越过这颗星球了，因此一定要尽可能掌握这次相遇的机缘，尽可能记录所有的信息。未来几个月里，他们将可以从容回顾。

在一段距离之外，欧罗巴像个巨大的雪球，以惊人的效率反射远方太阳的光线。再近一点的观察确认了这一点：不像灰土色的月球，欧罗巴十分雪白耀目，表面大多覆盖着一块块闪动着亮光，看来像是搁浅冰山一样的东西。几乎可以确定的是，这都是由氨和水所形成的——不知怎的，这些水没有为木星的重力场所攫取。

只有沿着赤道的地方，可以看到一些裸露的岩石——这里是由许多峡谷和巨石构成的崎岖无人之境，形成一道颜色比较深暗的环带，把这小小的世界整个绕了一圈。也有一些撞击坑，不过看不出有火山活动的迹象。欧罗巴显然从没具有任何内部的热源。

早为人所知的是，这里有一丝大气的痕迹。当这颗卫星的黑暗边缘掠过某颗恒星的时候，恒星在淹没之前的一刻，会短暂地暗一下子。某些区域，可以感觉到有云的可能——或许也只是一些液态氨所形成的雾气，被稀薄的甲烷风带动。

欧罗巴刚出现在前方的天际，又已经落在宇宙飞船的后方。现在，距离木星不过两个小时了。哈尔以无比的耐心把宇宙飞船的轨道查了又查，到最近距离的接触之前，已经不需要再进一步调整速度。然而就算有了这种心理准备，一分一秒，看着那颗巨大的星球越来越大，仍然令人心弦逐渐拉紧。要说发现号不是准备直接撞上这个星球，要说木星巨大的重力不会把宇宙飞船一步步吸引到毁灭，实在很难。

现在是要扔下大气探测器的时候了。希望这个探测器能存活得够久，可以从木星云层底下传回一些信息。两个矮胖的炸弹形状的容器，外面包着可抛式耐热罩，慢慢被推进最初几千英里与发现号本身几无差异的轨道。

但是，接着这两枚探测器慢慢地滑开了。现在，光是肉眼也看得出哈尔早已分析的事实。宇宙飞船现在的轨道，近距离掠过木星，但不会撞上——她以些微之差避过木星的大气。所谓些微之差指的是不过几百英里——和一颗直径九万英里的行星打交道的时候，这真是戋戋之数，不过，也足够了。

现在的木星充满了整个天空，那种巨大是鲍曼以眼睛和心灵都难以捕捉的，因此两者他都放弃了尝试。如果不是底下大气的颜色太过缤纷，从红到粉红到黄到橘红甚至到猩红不一而足，鲍曼很可能会相信他正在低空掠过地球上空的一片云海。

现在，在旅程中头一次，他们要失去太阳的踪迹。五个月前从地球出发以来，太阳的光亮和尺寸虽然一路都在缩水，但一直是发现号的忠实伴侣。但是现在，发现号的轨道要转入木星的阴影中，并且很快要经过这个行星夜晚的那一面了。

一千英里的前方，黄昏的余晖向他们直冲而来，之后，太阳快速地沉入木星云层之中。太阳的光线沿着地平线散发出来，很像两道灼热而下垂的弯角，然后缩小，在一片短暂的缤纷光彩中寂然而逝。夜来了。

然而，下方的世界并没有变成一片黑暗。这个世界为一片磷光所淹没，随着眼睛逐渐适应这片景象，磷光也一分钟一分钟地越来越亮了。朦胧的光之河流，从水平线的这一端流动到另一端，很像是船只行经某些热带海域而留下的摇曳光波。这里一处，那里一处，它们聚集成一泓泓液体之火颤抖着，仿佛从木星隐藏的心脏汹涌而出的、浩瀚的海底骚动。这个景象实在令人惊叹，普尔和鲍曼要看几小时都没问题。他们不由得怀疑：这究竟只是底下那口沸腾的大锅里，化学和电气力量所导致的结果，抑或某种超乎想象的生命形态的副产品？等下一个新世纪到来的时候，科学家们仍然可能会为这些问题争辩不休。

随着他们进入越来越深的木星之夜，下方的光亮也逐渐越来越亮了。鲍曼有一次在北极光最盛的时节飞越过北加拿大。白雪覆盖的土地混合着荒芜与灿烂，和此景差可比拟。但他提醒自己：北极圈的冰原，比起他们现在飞越过的区域，温度起码还高了一百度以上。

"地球传来的信号正在快速减弱。"哈尔作了声明，"我们正在进入第一个绕射带。"

这是他们意料中的事。其实，这也是此行任务之一，因为无线电波被吸收的情形，可以提供木星大气的珍贵信息。但是等现在当真飞进了木星的背后，和地球的通信联络也都切断之后，他们突然感到一片无尽的孤独袭来。

无线电的中断，只会持续一个小时。等他们脱离木星的阻隔重新出现时，就可以恢复与人类的接触。然而，这一个小时，将是他们有生以来最漫长的一个小时。

普尔和鲍曼虽然还都相当年轻，但已经是十来次太空之旅的老手。不过，现在这一刻，他们只觉得自己像是刚上路的菜鸟。

他们在尝试的事情，前所未有。在他们之前，从没有任何宇宙飞船以这种速度航行过，也从没有挑战过如此强大的重力场。在这个关键时刻，航线上只要出一丁点错误，发现号就会一直冲向太阳系的遥远边界，再也没有任何救回的希望。时间一分一秒地缓缓而过，现在，木星成了一道垂直的磷光墙，在他们上方无穷延伸而去，而宇宙飞船则沿着这道闪闪发光的墙面，直直地往上爬。虽然他们也知道自己移动的速度其实够快，木星的重力来不及对他们产生作用，但还是很难不相信发现号已经成为这个诡异世界的一颗卫星了。

最后，远处地平线出现了一道光亮。他们正在脱离这片黑暗，要进入阳光里了。也就几乎在同一时间，哈尔说话了："我已经恢复了与地球的无线电联络。我也非常乐意知会大家：摄动操作已经顺利执行完毕。我们到土星的时间还有一百六十七天五小时十一分钟。"这段飞行的时间，执行得毫无瑕疵，和预估只有一分钟的出入。宇宙如果像一张撞球台，那么发现号这颗球就刚从木星的重力场上弹跳而过，并且从中获得了动量。无需任何燃料，发现号已经把每小时的速度增加了几千英里。

而其中并没有违反任何力学定律。大自然永远会保持一本平衡账，木星所失去的动能，正是发现号所增加的。木星的速度慢了下来，但是由于它的质量要比发现号大上数十亿兆倍，因此它轨道所发生的转变根本就小到难以觉察。人类想给太阳系留下什么影响，还早得很。

　　随着光线快速地在他们四周亮起，缩小的太阳也再度在木星的天空中升起，普尔和鲍曼默默地伸出手来，握了一握。

　　虽然他们自己都没法相信，这趟任务的第一个阶段毕竟已经成功地度过了。

20

众神之国

不过，他们和木星的关系并没有就此结束。在他们身后，发现号射出的那两枚探测器正在接触木星的大气层。

有一枚音讯全无，应该是进入大气层的角度太陡，因此还来不及送出任何信息就烧掉了。另一枚则成功多了，切过木星大气的上层，然后又快速飞掠进太空。一如原先所规划，这枚探测器在与大气层接触后速度降低了许多，所以又沿着一条长长的抛物线掉落回去。两个小时后，它又进入了木星日照那一面的大气层——以每小时七万英里的速度移动。

这枚探测器立刻就被炽热的气体所包住，无线电又中断。就主控甲板里的两人而言，接下来是几分钟令人焦躁的等待。他们难以确定这枚探测器能否存活，不知道外面的陶瓷防护罩会不会在刹住之前就燃烧殆尽。若是如此，那所有的仪器会在转瞬间蒸发不见。

不过，陶瓷防护罩终究支撑到了这个炽热的人工流星慢下速度。抛去烧得发黑的碎片后，机器人伸出天线，开始用它的电子感应装置环顾四周。这时在几乎二十五万英里之外的发现号上，无线电则开始接收第一波真正来自木星的信息了。

每秒钟涌入的千万道脉冲，报告了大气的组成、气压、温度、磁场、放射现象，以及数十种其他只有地球上的专家才能解读的因素。不过，也有一种信息是可以立即明了的，那就是还在降落的探测器所送回的彩色电视影像。

最先的影像是机器人进入大气层，也丢开了保护罩之后就开始传来的。能看见的是一团黄雾，其中杂有一块块极快速飞过摄影机镜头的猩红色块——随着探测器以每小时几百英里的速度落下，迎面窜流而上。

黄雾更浓了。现在因为没有任何肉眼可以聚焦之物，根本无从判断摄影机可见范围是十英寸还是十英里。就电视系统所见，这趟任务似乎是失败了。仪器在运作，但是在这个混乱又有浓雾的大气层里，什么也看不见。

就在此时，突然之间，浓雾消失。探测器一定是跌穿过一道高空的云层，然后进入晴朗的区域，也许是一片几乎只有纯氢，只夹杂稀疏的氨结晶的区域。虽然还是不可能判断任何影像的尺寸，但是摄影机显然已经可以看到几英里之外了。

这个景象太过奇异，有那么一阵子，对已经熟悉地球上各种颜色和形状的肉眼而言，几乎是毫无意义。在遥远的下方，有一片无边无际、层次斑驳的金色海洋，海面散布着一道道应该是平行巨浪的波峰。然而这一切又静止在那里——这场景太大，大到看不出其中的任何动静。这一片金光闪闪的影像不可能是一片海洋，因为深测器还高高地位于木星的大气之中。顶多只可能是另一片云层。

然后，摄影机捕捉到一个很奇怪的东西，只是隔着一段距离，朦胧得令人心急。许多英里之外，这片金色景物拱出了一个形状很像火山，但是对称得很诡异的圆锥形。圆锥形的顶部，一群蓬蓬的小云朵环绕成一圈，全都一般大小，各自独立。其中透着某种很不自然，也令人想不明白的东西——当然，如果对这个令人敬畏的景象还可以用"自然"这种字眼来形容的话。

接着，由于在迅速变厚的大气里碰上一些乱流，探测器转往水平线另一处——有那么几秒钟，整个画面除了一片模糊的金色之外什么也看不见。后来稳定下来了，那片"海"也更近了，只是神秘如旧。这时可以看到"海"上到处不时出现一个个黑块，应该是通往再下面层层大气的洞口或缺口。

探测器的任务并没有设定到那么下面。每下降一英里，探测器四周的气体浓度就会加倍，随着越来越接近隐藏在底下的木星地表，压力也越来越大。等他们看到影像预告性地闪动了一下，接着全部消失的时候，探测器离那片神秘的海洋其实还有很远的距离——地球来的第一个探测器，已经被自己上方好几英里厚的大气所摧毁。

在它短暂的生命中，帮大家瞄见了也许只有木星百万分之一的景象，离抵达木星的表面也还遥远得很——因为那还隐藏在几百英里以下的浓雾中。看着影像从屏幕上消失，鲍曼和普尔只能呆坐在沉默中，心头翻涌着同样的思绪。

的确，古人以"朱庇特"（Jupiter）这个众神之王的名字来为这个行星命名的时候，他们不知道自己做了多么棒的选择。就算那下面的确存在着生命，还要多久才能发现他们啊！之后，人类要想追随这第一个先驱者前进的话，还不知又要花上多少个世纪，要坐什么样的宇宙飞船啊！

不过，对发现号及其组员而言，这些事情都无关紧要了。他们的目标是一个更陌生的世界，离太阳的距离几乎比木星还远一倍——他们还要再跨越五亿英里的路，路上只有虚无，以及幽荡于虚无中的彗星。

IV

深渊

21

生日宴会

熟悉的《生日快乐》旋律，以光速投射过七十亿英里的太空，在主控甲板这端的显示屏幕和仪表间渐趋稀疏、微弱，终于止歇。地球上的普尔一家人，有点不自在地围坐在生日蛋糕之旁，突然陷入一阵沉默。

老普尔先生有点粗哑地说道："弗兰克，现在这个时刻我也想不到要说什么，只能说我们都念着你，祝你生日快快乐乐。"

"亲爱的，保重啊。"普尔妈妈泪汪汪地插了句，"上帝保佑你。"

然后是一阵"再见"，接着显示屏幕一片空白了。普尔告诉自己，想到这一切其实都发生在一个多小时以前，多奇怪啊。现在他好不容易相聚的家人应该都已经分别了，离开他家好几英里路。从某一方面而言，这种时间差虽然令人很沮丧，但也未尝没有好处。如同他这种年纪的人，普尔也理所当然地认为只要他想和地球上的任何人说话，随时都能说得上话。现在这一点已不再成立，对他的心理冲击自然很大。他已经远放到一个新的次元，和地球所有的情绪联系都已经拉得太远，远得超出弹性疲乏的界限了。

"抱歉打扰你们的欢会，"哈尔说道，"不过我们有了一个问题。"

"什么问题？"鲍曼和普尔不约而同地问道。

"我在联系地球方面出了问题。毛病出在AE-35组件。我的'故障预测中心'告诉我：七十二个小时之内，这个组件就要失灵了。"

"我们来处理。"鲍曼回道，"我们看看光学校准。"

"你看，戴维。目前还没有问题。"

显示屏上出现的形象是个十足的半月形，映着几乎没有任何星星的背景，十分亮眼。这个东西覆盖着云雾，看不出任何可供识别的地理特征。事实上，第一眼很容易误以为是金星。不过看第二眼就不会了。因为就在其侧，有一个金星所没有的真正"月亮"，约是地球四分之一的大小，明暗状况也一模一样。正如许多天文学家曾经深信不疑，这两个星球很容易让人想象成母子关系。不过，后来月球的岩石采样结结实实地证明了月球从来就不曾是地球的一部分。

普尔和鲍曼默默地端详了屏幕有半分钟。装在无线电天线大碟子边上的长焦距电视摄影机，传来这个影像。屏幕中央的交叉线，指的就是天线瞄准的方向。除非铅笔粗细的光束正好对准地球，否则双方就没法收发。收发双方的信息都会错过目标，无声无息地穿过太阳系，进入无尽的黑暗。就算信息真有收到的一天，那也是几百年之后的事，收到的也不会是人类。

"你知道哪里出了问题吗？"鲍曼问道。

"时好时坏，确定不了位置。不过应该是在AE-35组件里。"

"建议什么样的作业程序？"

"最好是用备份零件把整个组件换下来，这样才能彻底检查一遍。"

"好吧，我们就印出来吧。"

显示屏上冒出了一堆信息，几乎就在同时，显示屏底下的洞口送出了一张纸。尽管所有可读的信息都已经电子化了，有时候，老式传统打印出来的东西还是最方便的记录形式。

鲍曼把图表研究了一阵，吹了声口哨。

"你应该早点告诉我们，"他说，"这意味着要出宇宙飞船。"

"很抱歉。"哈尔说，"我假定你们都知道AE-35组件装在无线天线的底座上。"

"一年前我可能还知道吧。不过宇宙飞船上有八千种次系统。总之，这件差事看来并不难。只要打开面板，放进一个新的组件就好了。"

"这难不倒我。"普尔说。宇宙飞船上的组员里，他负责例行的舱外活动。"换个景致看看也好。就事论事，没什么别的意思。"

"看看任务控制中心有没有意见。"鲍曼说。他静静地坐了几秒钟，整顿思绪，然后开口报告了一段。

"任务控制中心，这里是XD1。现在时间是2045时，我们宇宙飞船上9000计算机的故障预测中心，刚显示AE组件很可能在七十二小时之内失灵。请检查贵中心的遥测监控系统，并建议贵中心检查宇宙飞船系统仿真器。同时，请指示是否同意我们进行舱外活动，在AE-35组件失灵之前予以替换。任务控制中心，这里是XD1，现在时间2103时，传送完毕。"

历经多年练习，鲍曼可以在这些专业术语——有人曾经名之为"技语"（Technish）——和正常语言之间，随时自由切换。现在除了等候确认之外，没事可做。而无线电信号穿过木星和火星的轨道再到地球，一去一回最少得等两个小时。

信号回来的时候，鲍曼正在和哈尔玩一个储存在它内存中的几何图形游戏。鲍曼想赢一局，却没什么指望。

"XD1，这里是任务控制中心，2103通信收悉。我们正在检查你们宇宙飞船仿真器上的遥测数据，另报建议。

"进行舱外活动，在AE-35可能失灵之前予以替代的计划，已悉。我们正在进行测试程序，以便用于问题组件。"

要点谈完后，任务控制中心恢复了一般谈话的口气。

"很遗憾你们碰到了点小问题。我们不想再增添各位的麻烦，但是如果方便的话，在进行舱外活动之前，我们公关信息部门有个请求。是否烦请你们做一点简单的记录，概要说明一下目前的情况，以及AE-35的功能，以供一般新闻稿使用。请尽可能让大家安心一点。当然，我们也可以做，不过通过你们自己的说明会更有说服力。希望这不会太过妨碍各位的日常生活。XD1，这里是任务控制中心，2155时，传送完毕。"

听了对方的要求，鲍曼不由得微笑起来。地球方面总是偶尔会迟钝得很奇怪，也不够圆滑。"尽可能让大家安心一点。"还真会说！

普尔在他的睡眠时段结束后也加入了进来，他们花了十分钟时间研拟如何回复。在这趟任务开始的早期阶段，各个新闻媒体要求采访、讨论不计其数，几乎他们想说什么都行。不过，一个星期一个星期过去，没有什么事件发生，加上时差从几分钟拉长到一个小时以上，大家对他们的兴趣也就淡了下来。一个多月以前，飞越木星的高潮之后，他们只录制了三四份供一般新闻稿用的录音带。

"任务控制中心，这里是XD1。贵中心要的新闻说明如下：

"今天稍早，发生了一个细微的技术问题。我们的哈尔9000型计算机预测到AE-35组件即将失灵。

"AE-35是通信系统里面一个很小，但至关重要的组件。我们的主天线之所以能瞄准地球，不会超出几千分之一度的误差，就靠的是它。由于我们目前离地球的距离已经超过七亿英里以上，地球对我们而言只是一颗几不可见的星星，极容易错过细微的无线电波，因此，瞄准的精确度是必要的。

"随时调整瞄准地球的无线电天线，是由中央计算机所控制的发动机操控，而这些发动机又是通过AE-35组件来取得指令。这可以比喻为身体里的神经中枢，把大脑指令传达给四肢的肌肉。如果神经没法传送正确的信号，四肢就没有作用。以我们的情况而言，AE-35组件失灵的话，就表示无线电天线会乱指。20世纪的远航天空探测船，常常在抵达了一些行星之后，却没有办法回传信息，就是因为天线无法瞄准地球。

"目前我们还不知道问题的根由，不过情况绝对不算严重，因此不必惊慌。我们有两组备用的AE-35，每一组寿命都足以运作二十年，因此本次任务中第二组也失灵的概率微乎其微。还有，如果我们能诊断出目前这一组的问题，应该也可能予以修复。

"弗兰克·普尔专精于此类工作，将到宇宙飞船外以备用组件替换出现问题的组件。同时，他也将趁机检查宇宙飞船的外壳，把一些平常不需要动用特殊舱外活动的小洞也修补一下。

"除了这个小问题之外，本次任务仍然顺利、正常，未来也将持续如此。

"任务控制中心，这里是XD1，2104时，传送完毕。"

22

短　游

　　发现号的舱外活动器，又名"分离舱"（Space Pod），是个直径大约九英尺的球体。驾驶员座位前方的凸窗（Bay window）开阔，视野极佳。主火箭动力产生的加速度只有重力的五分之一，刚好足以在月球上盘旋，而另外一些小小的位置控制喷孔，则可以用来操纵方向。就在开阔的凸窗下方，伸出两组可屈折的金属臂，或说是遥控手臂（waldoes），一组用来做粗重工作，一组用来进行精细操控。还有个伸展塔，载有各式各样的电动工具，譬如螺丝起子、凿钻、锯子、钻孔机等。

　　分离舱算不上是人类设计最精密的交通工具，不过绝对是真空状态下进行构筑与维修工作所不可或缺的。通常，分离舱都会取一个女性名字，也许是出于其个性偶尔不免难以预测。发现号的三姊妹是安娜、贝蒂、克拉娜。

普尔穿上自己的航天服（这是他最后的防线），爬进分离舱，花了十分钟仔细检查各种控制仪器。他轻轻启动调整方向的喷射孔，动一动遥控手臂，确认氧气状态、燃料、备用电力。等一切都满意之后，他通过无线电和哈尔交谈。虽然鲍曼就在主控甲板里待命，但除非出现明显的错误或功能失常，否则他不会介入。

"这是贝蒂。请启动抽气程序。"

"抽气程序启动。"哈尔重复了一句。普尔立刻听到气泵启动的声音，珍贵的空气从密封的气闸里抽走。接着，分离舱外壳细薄的金属发出叽里咕哝的声音，大约五分钟之后，哈尔说道：

"抽气程序完毕。"

普尔在他小小的仪表板上作了最后一次检查。一切正常。

"请打开外舱门。"他发出指令。

哈尔再次重复一遍他的指令。在这些过程的任何阶段，普尔只要喊一声："停！"计算机就会立刻停止接下去的动作。

前方，宇宙飞船的舱门滑开了。随着仅剩的一点空气冲出太空，普尔感觉到分离舱摇晃了几下。然后，前方出现一片星辰，他也刚好望见土星那个小小的金色圆盘——那还在四亿英里之外。

"请进行分离舱推送。"

慢慢地，分离舱所置身的轨道向舱门外伸展出去，直到分离舱刚好悬浮在船舱外。

普尔又发动了主喷气发动机半秒钟，分离舱就轻轻地滑出轨外，终于成为一个沿着自己轨道，环绕恒星而行的独立载具。现在他和发现号没有任何联系了——甚至连条安全索也没有。分离舱极少出什么问题，就算真有了状况，鲍曼很容易就可以过来搭救。

贝蒂十分呼应普尔的指挥。他让她先往外飘开一百英尺，然后检查了一下她向前的动能，再把她转了一圈，面对宇宙飞船。然后他开始巡视加压舱。

他第一个目标是一个被熔掉的区域，宽约半英寸，中央有个小小的凹洞。时速十万英里下撞上这儿的沙尘，大小一定不超过针头，撞上的同时也就在巨大的动能中蒸发了。通常这种凹洞看起来好像是宇宙飞船内部发生的爆炸所造成。速度高到这种程度的时候，物质作用的方式都很怪异，很难应用一般常识的力学定律。

普尔仔细地检查了这块区域，然后从分离舱的一般工具装备里，拿出一个压力罐，喷上一层密封剂。白白黏黏的液体喷在金属外壳上，遮住那个凹洞。洞口鼓起一个大气泡，鼓到差不多六英寸大小的时候破掉，然后再鼓起一个小很多的气泡，这次没破，慢慢消下来——这是快速凝结的黏固剂在发挥作用。他专注地看了几分钟，没有什么动静。不过，为了放心，他还是又喷了一层，然后转往无线天线的方向。

他把分离舱的速度一直控制在每秒几英尺之内，因此绕行发现号压力舱这一边花了一段时间。他没什么好急的，再说，离宇宙飞船这么近，速度太快了也很危险。宇宙飞船在许多意想不到的地方会伸出各式各样的传感器和仪器，他必须保持高度的警觉。同时，他也得小心贝蒂的喷射浪。如果不小心撞到一些比较脆弱的设备，损坏非同小可。

他终于来到长程天线的地方，开始仔细地检查情况。由于这时的地球几乎和太阳成一条直线，直径二十英尺的大碟子似乎直接瞄准着太阳。因此，配备着各种定位仪器的天线底座躲在大金属碟的阴影中，一片黑漆漆的。

为了避免贝蒂干扰到无线电波，造成与地球的联系中断——尽管只是一时，但很扰人——普尔小心避免经过那个浅浅的碟形反射器的前方，从天线后方过去。等到他打开分离舱的照明灯，驱散黑暗之后，他才看到自己要来修理的设备。

问题的根源躲在那个小小的金属板之下。金属板为四颗防松螺帽所固定，由于整个AE-35组件的设计原就考虑到方便取换，因此普尔并没有预期有多少困难。

不过，显而易见的是，他不可能待在分离舱里进行这项工作。一方面是因为距离无线天线这么近，像蛛网一样的天线架构那么精细，操作的风险很大；另一方面也是因为贝蒂的控制喷气发动机，很容易使薄如纸张的大型反射碟面遇热变形。他得把分离舱停在二十英尺之外，穿航天服出去。不管怎么说，换装那个组件，他用自己戴手套的双手，比贝蒂的遥控工具臂要来得快捷许多。

这一切他都仔细向鲍曼报告，每个阶段的动作，鲍曼再重复检查一次才实际执行。虽然这个任务很简单也很例行，不过在太空里没有任何事情可以视为当然，没有任何细节可以忽视。在宇宙飞船外的活动，过失没有所谓的"轻微"。

他接到下一步动作"OK"的信息，于是把分离舱停在离无线电天线底座大约二十英尺之外。分离舱虽然没有飘往外层空间的危险，不过宇宙飞船舱外特别设计了一段段很短的阶梯，因此他还是把一只工作臂搭在其中一段上。

然后他检查了自己航天服的系统，等一切都满意后，把空气排出了分离舱。随着贝蒂的空气咝咝地泄向太空中的真空，他身体四周很快形成一些冰粒，星星也一时显得模糊起来。

在他离开分离舱之前，还要做一件事情。他把贝蒂的控制状态从手动转为遥控，转交给哈尔来控制。这是标准的安全防护动作，虽然他仍然通过一条只比棉线略粗，却极为强韧的弹簧索连接在贝蒂上，不过最好的安全索还是有不灵的时候。等他需要的时候，却没法传递指示给哈尔叫分离舱驶过来的话，那可不好看了。

分离舱的舱门打开了，他慢慢浮进太空的寂静之中，安全索则在他身后逐渐展开。心情轻松一点——绝对不要动得太快；三思而后行——这些都是舱外活动的基本原则。认真遵守的话，不会有任何问题。

他抓住贝蒂舱外的一个把手，从一个像是袋鼠育儿袋的装载袋里，取出备用的AE-35组件。他并没有停下来挑选任何分离舱所配备的工具，这些工具大部分都不是给人类双手使用的。他可能需要的多功能扳手和钥匙，都已经附加在航天服的腰带上了。

他轻轻一动，自己就往那个大碟的底座过去——平衡耸立的大碟在他和太阳之间就好像是一道巨大的盘子。贝蒂的两个照明灯照出他两个影子，随着他在两道灯光下移来浮去，影子也在碟子的凸面上跃动，构成动人的图案。不过，他很惊讶地注意到，巨大的无线天线的后方，四处闪动着一些炫目的光点。

他静悄悄地接近，为这些光点伤了几秒钟的脑筋，接着想到是怎么回事了。在这趟航程中，这台反射器一定被许多细微的小陨石穿透过，因此他所看到的是穿过这些小洞而照过来的阳光。只是这些小洞实在太小，所以还不至于影响到整个系统的作业。

他一面缓慢地活动，一面伸手轻触天线底座，然后在弹开之前，抓住了那底座。他很快把安全索钩上了距离最近的一个地方，这可以让他有个倚撑点，双手方便使用工具。然后他暂停一下，把情况报告给鲍曼，考虑下一步。

有一个小问题，他正站在（或是说飘浮在）自己的灯光中，自己的影子使得他很难看清AE-35组件所在。因此他指示哈尔把两个照明灯都转到一边——小小实验一番之后，终于发现从天线碟背面反射回来的二次照明比较均匀。

面对天线底座上那个小小的金属盖，他研究了几秒钟。金属盖由金属线拴住的四颗螺帽所固定。接着他一面喃喃地念着:"未经授权人员所造成的破坏,不在制造者保证之内。"一面剪断金属线,开始转开螺帽。螺帽都是标准大小,正好贴合他带来的无力矩扳手。在打开螺帽的过程中,扳手内部的弹簧机制会把反作用力吸收,以免作业人员被反作用力带得转圈。

四颗螺帽没有任何问题地被拿了下来,普尔小心翼翼地把它们储放在一个方便的小袋子里。(曾经有人预测过,地球有一天也会有一个像土星那样的环,由太空轨道上不经心的工程人员所遗落的栓子、钩子,以及各种工具所形成。)金属盖的表面有点黏,有那么一会儿,他有点担心金属盖已经被冷凝住了。不过敲了几下之后,金属盖松了,他拿了一个大鳄嘴夹把它固定在天线底座上。

现在他可以看清AE-35组件的电路。这个电路板薄薄的,只有一张明信片大小,被一个大小刚好的狭口所嵌住。整个组件被两根锁棒所固定,但有一个小小的把手,可以很容易抽取。

不过它还在运作,提供天线一波波信息来瞄准那遥远的针头大小的地球。如果现在就抽出来的话,所有的控制都会停止,天线碟也会猛然转向,回到沿着发现号中轴的自然角度,或者说零方位角的位置。这会很危险——天线转向的时候很可能砸到他。

要避免这个风险,只需要切断控制系统的电力,这样天线就不会动了——除非普尔自己撞了上去。更换组件这几分钟,不至于造成失去地球方向的风险——这么短暂的时间里,地球相对于诸星的位置不至于移动太多。

"哈尔，"普尔通过无线电叫道，"我要抽出组件了。请关掉天线系统的所有控制动力。"

"天线动力关掉了。"哈尔回答。

"来了，我现在要抽掉组件了。"

电路卡很容易就从嵌口里抽了出来，没有任何地方堵塞，几十个滑动接触点没有任何卡住。不到一分钟，备用的组件就换好了。

不过普尔可不要冒险。他把自己从天线底座轻轻推开，以防电力恢复的时候，大碟子刚好撞过来。等他到了安全距离之外，普尔才呼叫哈尔道："新组件应该可以运作了，恢复控制动力吧。"

"动力恢复。"哈尔回答。天线不动如磐石。

"请开始故障预测测试。"

现在各种微脉冲应该开始在组件的复杂电路间流窜，探测可能出问题的地方——不计其数的组件都在接受测试，看看是否都经得起应有的负荷。当然，这一切在组件还没出厂之前就已经测试过许许多多次，不过那是两年前，几亿英里以外的事了。固态电子组件怎么会失灵，通常很难看出来，但这种事就是会发生。

"电路运作完全正常。"不过十秒钟之后，哈尔回报。这段时间，要是人类，得有一小队人马才能完成的事，他已经做好了。

"很好。"普尔满意地说道，"现在要盖回盖子了。"

在舱外作业中，这时通常会是最危险的节骨眼。任务完成了，剩下的事只是收拾收拾东西，回到宇宙飞船内——这也就是容易犯错的时候。不过弗兰克·普尔如果不够细心，不够谨慎，也参与不了这趟任务。他不慌不忙地收拾，虽然有一颗螺帽差一点就离他远去，还是及时在身旁几英尺的地方给抓了回来。

十五分钟后，他飞回到停泊分离舱的机库，心中暗自相信这个差事不必重来一遍了。

然而，就这一点而言，他一厢情愿得不免令人叹息。

23

诊　断

"你是说，我刚才做的都是白工？"弗兰克·普尔嚷了起来，与其说是恼怒，还不如说是惊讶。

"看来如此，"鲍曼回道，"换回来的组件检查一切正常。即使把负载加大到两倍，还是看不出任何信号显示有错。"

他们两人站在中央旋转区一个工作间兼实验室的空间里——要做一些小规模的修理或检测，这儿要比分离舱的机库方便许多。在这里，不必担心热烫的焊料点滴随着微弱气流飘流，也不必担心那些要送进太空轨道的装备零件会失落得无影无踪。在分离舱机库的零重力状态下，这些事情都可能发生，也的确发生过。

细薄、大小有如一张卡片的AE-35组件，躺在一架高倍数放大镜下的台子上。组件插在一具标准连接框内，一束整整齐齐、五颜六色的电线从框里连到一架大小有如一般桌面计算机的自动测试器上。要检查任何组件，只要连接起来，从"故障排除"数据库里找出相对应的卡片插进去，再单击按钮。一般而言，有问题的地方，以及建议采取的行动，就会显示在一个小小的屏幕上。

"你自己试试吧。"鲍曼说，语气里有点沮丧。

普尔把"超载选择"扭转到两倍的地方，然后按下了"测试"钮。屏幕立刻亮起了"ＯＫ"。

"我想我们可以一直加重测试，到烧焦为止，"他说话了，"可是什么也证明不了。你看这到底是怎么回事？"

"哈尔内建的故障预测装置可能弄错了。"

"也可能是我们的测试工具出了毛病。不管怎么说，安全总比事后难过好。就算是一丁点的疑惑，我们换下组件也是好的。"

鲍曼把原来夹住的电路晶元取了下来，拿到灯光下。这个半透明的东西里面有错综复杂的电线，布满隐约可见的微细组件，因此看来就像一幅抽象画。

"这可不能冒任何险——再怎么说，这也是我们和地球的联系所在。我会把它归类为不良品，扔到废弃品储藏室里。等我们回去后，叫别人伤脑筋吧。"

不过，伤脑筋的时刻远在那之前就到来了，因为接到下一则来自地球的通信。

"XD1，这里是任务控制中心，请参照2155时通信。我们显然是有点小问题。

"我们的诊断结果，与你们宇宙飞船报告指出AE-35组件没有问题相同。问题可能出在相关连的天线电路中，不过，如果此点属实，其他测试应该有所显示。

"还有第三个可能，影响远较严重。你们宇宙飞船的计算机可能在故障预测过程中出了差错。我们的两台9000计算机，根据他们所有的信息，一致提出此点可能。以我们所拥有的后备支持系统而言，这还不至于到亮红灯的阶段，不过希望你们注意接下来是否还有进一步偏离正常运作的情况。过去几天时间里，我们也觉察到一些较轻微的不正常现象，但还不至于严重到要采取补救措施，问题形态也没有明显到足以让我们下任何结论。我们正以这边两台计算机进行进一步测试，一旦有结果会尽快奉告。再重复一遍，目前无须惊慌。最糟糕的可能是：我们要把贵宇宙飞船的9000型计算机暂时断线，以供程序分析，然后把控制任务交给一台我们这边的计算机。时间差会产生点问题，不过我们的可行性研究指出：在本次任务的现阶段，由地球进行控制足堪信赖。

"XD1，这里是任务控制中心，2156时，通信完毕。"

这段通信传来的时候，是普尔轮值。他默默地反复咀嚼这段信息的意思。他想看看哈尔有什么话要说，但是计算机并没想对隐含的指控提出什么辩解。好吧，既然哈尔不想把这个话题搬上台面，他也不想。

快要到早班轮值的时候了。通常，他会一直等到鲍曼走进主控甲板。不过今天他打破这个惯例，走回中央旋转区。

鲍曼已经起床，正从调配机倒咖啡。普尔走过去，带点忧心忡忡的口气说了声"早"。尽管在太空里过了好几个月，早就忘了星期几星期几的轮替，他们仍然按正常一天二十四小时的循环在思考。

"早。"鲍曼回道，"还好吗？"

普尔也给自己倒了咖啡。"还好。你够清醒了吗？"

"非常清醒。怎么了？"

到了这时候，任何事情出任何一点问题，两个人都会马上觉察到。日常规律有了任何一丁点干扰，都是要注意的迹象。

"这么说吧，"普尔慢慢地回道，"任务控制中心刚刚丢了个小炸弹给我们。"他放低了声音，仿佛医生在病人面前讨论病情，"我们宇宙飞船上可能有一个轻微的疑病症患者。"

也许鲍曼终究还没完全清醒，所以他花了几秒钟才会过意来。接着，他说道："啊……了解了。他们还说了什么？"

"说还不必惊慌。不过他们说了两次，因此打了不少折扣。他们还说想进行程序分析，把控制权暂时交给地球。"

当然，两个人都知道他们讲的每一个字哈尔都可以听到，但是仍然不得不婉转表达。哈尔是他们的同事，他们不想让哈尔难堪。不过，到了这个阶段，似乎也不必私下讨论这件事了。

鲍曼默默地用完了早餐，普尔则在一旁玩弄着空掉的咖啡容器。两人的心头都汹涌翻腾着，但是没什么好多说的了。

他们只能等任务控制中心传来下一份报告，也狐疑哈尔到底会不会自己先开口谈这件事情。不论发展如何，宇宙飞船上的气氛发生了微妙的变化。空气中有一种紧绷的感觉，第一次出现事情将会出错的不祥之感。

发现号不再是一艘快乐的宇宙飞船了。

24

坏掉的回路

现在，哈尔如果要发表什么不在预期中的言论，事前你总听得出来。如果是例行的、自动的报告，或是回答什么要他回答的问题，哈尔都不会有准备动作，但是如果他是想发表自己要说的话，那他就会清清喉咙，来点电子合成的简短声响。这是他过去几个星期所发展出的一点特质。再过一阵子，如果这个习性开始恼人的话，他们可能会采取动作。不过，现在还真的很有用，因为这可以提醒听的人注意，有点新鲜事情要说了。

当时普尔在睡觉，鲍曼则在主控甲板里读书。这时哈尔开口了：

"咳……戴维，我有一份报告要给你。"

"出了什么事吗？"

"我们的AE-35组件又出问题了。我的故障预测装置指出：这副组件在二十四小时之内就要失灵了。"

鲍曼放下书本，若有所思地望向那个计算机控制台。当然，他知道哈尔其实并不在那里——不论从哪个角度来说，这句话都是如此。如果真要说哈尔是存在的，那也是在中央旋转区的中央轴附近，一间迷宫一般，密密交织着内存组件和作业网络的密封房间里。不过，在主控甲板里要和哈尔说话的时候，鲍曼总会有种想要望向那个计算机主机镜头的心理冲动，就好像要面对面说话似的。不这么做的话，总觉得有点失礼。

"我不懂你的意思，哈尔。不可能两三天时间就报废了两副组件。"

"说来的确奇怪，戴维。不过我保证真的马上要失灵了。"

"我来看看校准显示器。"

他也知道这看不出什么，不过他需要时间思考。任务控制中心要传来的报告还没到，也许这个时候需要用点技巧来试探了。

熟悉的地球，现在走到太阳的那一头，已经过了半月形的阶段，越来越圆，而且阳光普照的那一面正逐渐转向他们这个方向。地球不偏不倚地落在交叉线，细如铅笔的无线电波仍然把发现号和她所来的世界联系在一起。鲍曼知道当然会如此。如果通信上出了任何差错，警报器早就响了。

"你有没有想到是什么原因造成的问题？"他问。

哈尔不太寻常地停顿了很久。接着他回答了：

"没有，戴维。我先前也报告过，我找不出问题所在。"

"你确定不是你自己的判断出了错吗？"鲍曼很谨慎地问道，"你应该知道我们把换下来的AE-35组件彻底地检查了一遍，什么毛病也没发现。"

"是的，我知道。不过我可以保证的确有问题。如果不是出在组件里，那就可能出在整个子系统里面。"

鲍曼在控制台上敲了敲手指头。是的，这也有可能，不过要查起来很难——除非等天线系统真的故障，问题点才会显露出来。

"好吧，我跟任务控制中心报告一声，看他们有什么建议。"他停了一下，没听到什么反应。

"哈尔，"他继续说道，"有没有什么事情在困扰你——可能会导致这个问题的什么事情？"

接着又是一阵平时没有的沉默。然后哈尔回答了，以他正常的声调：

"听我说，戴维。我知道你很想帮忙。不过问题如果不是出在天线系统上，就是出在你的测试过程里。我的信息处理完全正常。你如果检查一下我的记录，就会知道从来没出过错。"

"我很清楚你过去的服役记录，哈尔——可是那并不证明你这次也一定对。任何人都可能出差错的。"

"我不想再重复一次，戴维。不过，我是不可能犯任何错误的。"

这句话很难接腔，鲍曼决定不争下去了。

"好吧，哈尔，"他说得有点急促，"我明白你的观点了。我们就此打住吧。"

他很想再加一句"就把这件事情忘了吧"。不过，当然，这是哈尔永远也办不到的。

当语音通信再加电传文字确认就已足够的时候，任务控制中心还要浪费无线电带宽来传送影像，事情显然非比寻常。何况，显示在屏幕上的面孔不是一般控管人员，而是总程序设计师，西蒙森博士。普尔和鲍曼马上明白问题大了。

"嘿，XD1，这里是任务控制中心。我们完成了你们AE-35组件问题的分析，我们的两台哈尔9000型计算机都达成了一致的结论。你们在2146时传回来有关第二副组件失灵预测的报告，确认了我们的诊断。

"如我们先前所设想的，问题没有出在AE-35，因此没有必要再度更换。问题出在故障预测电路中。我们相信这也显示出一项程序冲突，只有一个解决方法，就是让你们的哈尔9000断线，然后转为'地球控制模式'。因此，希望你们在宇宙飞船时间2200时，采取以下步骤——"

任务控制中心的声音逐渐消失了。同一时间，警报响了起来，尖锐的警报声音中，混合着哈尔一再重复"黄色状态！黄色状态！"的声音。

"出什么事了？"鲍曼嚷道，尽管他早已想到答案。

"一如我所预测，AE-35组件失去作用了。"

"我来看看校准显示器。"

从这趟航行开始以来第一次，显示器上的画面发生了变化。地球已经脱离了十字线，无线电天线不再指向它的目标。

普尔一拳砸到切断警报的按钮上，尖锐的鸣声停止。主控甲板突然一片静寂，两个人尴尬而焦急地对望了一眼。

"真要命。"最后鲍曼开口了。

"哈尔的判断没错。"

"看来如此。我们最好道个歉。"

"不需要这样。"哈尔插口说道，"我当然也不愿看到AE-35组件报销，不过我希望这样有助于恢复你们对我的信心。"

"哈尔，不好意思，误会你了。"鲍曼有点懊悔地回道。

"你对我的信心都完全恢复了吗？"

"当然，哈尔。"

"那太好了。你知道我对这次任务的热情是谁也比不上的。"

"我知道。现在请让我来手动操纵天线吧。"

"来吧。"

鲍曼并没有当真认为这行得通，不过还是值得一试。在校准显示器上，现在地球已经完全落出屏幕之外了。他奋力操控了几秒钟，地球再度出现。接着，他好不容易把地球又移回中央十字线瞄准的位置了。有那么一秒钟，无线电波又对上，和地球之间的联络又恢复了，模模糊糊地可以听到西蒙森博士在说："……请立刻通知我们，如果回路克克洛洛……"然后，又只剩下宇宙间没有意义的呓语。

"我抓不住了。"又努力了几次之后，鲍曼说道，"它跟头野马一样乱蹦——好像还有一个寄生控制信号，要把它抛开似的。"

"那我们现在怎么办？"

普尔的问题并不容易回答。他们已经断绝与地球的联系，但这件事本身还不至于危及宇宙飞船，并且他还可以想许多方法来恢复与地球的通信。最坏最坏，他们可以把天线卡在一个固定的位置，然后用整艘宇宙飞船来瞄准地球。这可没那么容易，而且等他们开始进行最后阶段的操作时，也会很狼狈——不过，如果其他方法都不管用，还是可以用这一招。

他希望不必使上这么激烈的手段。还有一组备用的AE-35，并且可能还不止一组，因为先前第一组换下来的时候还没有真正坏掉。不过，除非真正找出系统的问题出在哪里，他们哪一组备用组件也不敢用。新的组件换上，很可能会马上就烧坏。

这种情况其实也很平常。普通人家都很熟悉，保险丝烧掉之后，除非已经知道为什么会烧掉，不然是不会去换保险丝的。

25

第一个去土星的人

整个程序，弗兰克·普尔都走过。不过他可不敢把任何事情视为当然——视为理所当然可是太空里一服很好的自杀药方。他照常检查过贝蒂，以及所有消耗品的储备量。虽然他出去不会超过三十分钟，但他还是想确认一切供给品都如常足够二十四小时使用。然后他告诉哈尔打开气闸，发动喷射器，滑向太空。

除了一个很重要的差异，宇宙飞船看来和他上次出来的时候一模一样。先前，长程天线的大碟子一直沿着发现号的来路，回头指向那颗近距离绕着太阳温暖火焰而转动的地球。

现在，失去了指引方向的信号，浅浅的天线碟自动停在一个自然的角度，沿着宇宙飞船的中轴指向前方，也就是指向很接近土星的方向——那个醒目的标志，还在几个月的行程之外。普尔不知道在发现号抵达仍然十分遥远的目的地之前，还要出现多少问题。

如果他看得仔细一点，会看到土星的形状并不够滚圆——由于土星环的存在，这颗星球的两头呈现微扁的状况——这是人类肉眼裸视所未曾见过的。他告诉自己：等看到那不可思议的沙尘和冰屑绕行在整个空中，发现号也加入土星永恒的卫星群的时候，有多么壮观啊！不过，除非他们能够重新建立和地球的通信，否则这样的成就也毫无意义了。

这一次他还是把贝蒂停泊在离天线底座大约二十英尺的地方，然后在打开分离舱之前把操控权交给了哈尔。

"现在要出去了，"他向鲍曼报告，"一切都在掌握中。"

"祝你一切顺利，我很想看看那副组件。"

"保证二十分钟以内就放到你的测试台上了。"

普尔朝向天线悠然移动过去，中间沉默了一阵。接着，守在主控甲板里的鲍曼听到一阵喘气和咕咕哝哝讲话的声音。

"看来我要食言了。有颗防松螺帽卡住了，大概是上次我锁得太紧了——呼，总算好了！"接着好长一段时间没有动静，然后，普尔嚷道：

"哈尔，请把分离舱的灯光往左转二十度——谢谢，好了。"

在鲍曼意识的深处，隐隐响起了一声警铃。有什么地方透着古怪——也不是什么紧急状况，但就是不太寻常。他凝重地思索了一会儿，才觉察到原因。

哈尔执行了这个动作，但是并没有出声确认——那是他每次必不遗漏的动作。等普尔回来，要查一查⋯⋯

在外面的天线底座上，普尔忙得没注意到任何异乎寻常之处。他戴着手套的手已经抓起那片电路芯片，正设法把它从沟槽里拉出来。

终于拿出来了。他拿起来，映在微弱的太阳光下。

"可逮到你这个小浑蛋了。"他半是在对虚空的宇宙说，半是在对鲍曼说，"我看还是什么问题也没有嘛。"

接着他停了下来。他的视野里有什么东西在动——在这个根本不可能有东西在动的地方。

他警觉地抬起头。在太阳投下的这片阴影之中，先前他一直靠分离舱两个聚光灯的照明在工作，现在，灯光开始转开他的身边了。

也许贝蒂在太空中荡开了，他大概是不小心没把她停好。接着，他惊骇得来不及恐惧，因为他看到分离舱正以全速直冲而来。这个画面太过出奇，因此冻结了他所有正常的反射行动。他根本没有采取任何动作躲避这个直冲而来的怪物。直到最后一刻，他才恢复了声音，极力吼道："哈尔，刹车——"太晚了。

在撞上去的那一刹那，贝蒂的速度其实仍然十分缓慢。建造她的目的并不是用来加速冲刺。不过，即使在区区每小时十英里的速度下，半吨重的东西还是足以致命，不论是在地球上还是在太空中……

发现号内，无线电里传来的那声硬生生被截断的吼叫，把鲍曼惊得几乎一跃而起——所幸安全带把他固定在座位上。

"怎么了，弗兰克？"他叫道。

没有回应。

他又叫了一遍。仍然没有响应。

然后，宽敞的观察窗外，有个东西进入他的视线之内。一如先前的普尔，鲍曼惊骇莫名，看到分离舱正在以全速往星空的远处行进。

"哈尔！"他叫道，"出了什么事？赶快叫贝蒂全力刹车！刹到底！"

没有任何反应。贝蒂继续加速她的逃逸之路。

接着，拖在她的身后，挂在安全索的尾端，出现了一件航天服。鲍曼不用看第二眼，就知道最坏的状况发生了。无须怀疑，那松垮垮的东西，正是一件有破洞露向真空，已经失去气压的航天服。

不过他还是蠢蠢地叫喊着，好像有什么咒文可以让死者复生似的。"喂，弗兰克……喂，弗兰克……你听得见我吗？……你听得见我吗？……听见的话挥挥手……是不是你的通信系统坏了……挥挥手！"

这时，几乎真像是响应他的恳求，普尔挥了挥手。

刹那间，鲍曼觉得自己的头皮一阵发麻。他要喊出来的话，在突然焦干的嘴唇间消失了。他知道自己的朋友绝无可能是活着的，然而他却挥了挥手……

随着冰冷的理智取代情绪，那激越的希望和恐惧也同时消失了。仍然在加速的分离舱，刚才只是摇晃了一下拖在身后的东西而已。普尔的手势让人想起《白鲸》里，缠绑在白鲸腹侧的亚哈船长尸体最后晃了晃手，好像在召唤裴廓德号船员走向死亡。

不到五分钟的时间，分离舱和拖在她身后的累赘就消失在众星之间了。戴维·鲍曼愣愣地望着眼前的虚空，这片虚空无尽无止地绵延着几千万英里，指向他现在觉得永远不可能到达的那个目标。他的脑海里，只剩下一个念头还在汹涌起伏着。

弗兰克·普尔将成为人类中第一个到达土星的人。

26

与哈尔对话

发现号上没有任何其他改变。所有的系统都正常地运作，离心机在轴心上缓慢地转动着，制造出人为的重力；冬眠的人仍然在他们的隔间里继续无梦的睡眠；宇宙飞船朝着目的地没有任何偏斜地航行而去——除非在微乎其微的概率下撞上一颗小行星。这里，远在木星的轨道之外，的确少有小行星。

鲍曼不记得自己是怎么从主控甲板走回中央旋转区的。现在，他有点惊异地发现自己坐在小小的厨房里，手里有一大杯喝了一半的咖啡。他慢慢开始意识起自己的周遭环境，就好像一个人从一场服药后的漫长睡眠中苏醒过来一样。

在他正前方的，是一架鱼眼镜头。宇宙飞船上所有关键地点都有这种镜头，提供哈尔宇宙飞船上的影像输入数据。鲍曼好像从没看过这个东西似的盯着看了很久，然后慢慢起身朝镜头走去。

他的举止，一定通过那个镜头的视线，在此刻勾动了这艘宇宙飞船统治者深不可测的心灵。因为突然间，哈尔开口了：

"弗兰克太不幸了，是不是？"

"是啊。"鲍曼经过好一阵才回道，"真不幸。"

"我看你现在的心情应该很难受吧？"

"你说呢？"

就计算机的时间来说，哈尔应该是计算了几个世代才想到怎么回答。他整整过了五秒钟之后才接着说道：

"他是优秀的组员。"

发现咖啡杯还在手里，鲍曼慢慢啜了一口，但他没有接腔。他的思绪汹涌澎湃，想不出要说些什么——说任何话好像都可能使得局面更为糟糕。

是分离舱控制系统出了什么问题所导致的意外吗，还是哈尔的过错，尽管是无心之过？他没听到哈尔自发的解释——由于担心可能引起的反应，也不敢要求对方提出解释。

即使现在，他还是没法完全说服自己弗兰克是被谋害的——这全然没有道理。没有任何理由相信，这么长时间工作没有任何瑕疵的哈尔，会突然变成一名杀手。他也许会犯错，不论是谁，人还是计算机，都不免犯错，但是鲍曼没法相信他会杀人。

不过，他必须把这个可能列入考虑。如果是真的，他就是身在险境了。虽然哈尔的下一步动作还是要按照标准规则来执行，但鲍曼可不敢肯定哈尔执行得有多牢靠。

两名组员中有一人死去的话，活着的那人一定要立刻从冬眠的人中唤醒一名替代。按计划，地球物理学家怀特黑德是第一个该唤醒的人，然后是卡明斯基，然后是亨特。唤醒的程序由哈尔控制——这是考虑到一旦两名人类同事同时失去行动能力，还可以让哈尔执行任务。不过也可以不受哈尔的监控，人工手动操控，让各个冬眠单位完全独立作业。在现在这种特殊情况下，鲍曼强烈倾向于采取后者。

他也更强烈地感觉到：光是一名人类同伴还不够。既然这样，他宁可把三名冬眠者全都唤醒。在未来辛苦的几周时间里，越多些人手越好。已经少了一个人，再加上航程已经过了一半，补给品不会是大问题。

"哈尔，"他说，尽可能让自己的声音镇定些，"帮我把所有冬眠单位都转为人工操控状态。"

"所有单位！戴维？"

"是的。"

"可否容我指出一点：目前只要替换一位。其他人员应该在一百一十二天之后才唤醒的。"

"我很清楚这一点，不过我还是想这么做。"

"戴维，你确定真的需要叫醒谁吗？我们两个就可以照应过来的。我在宇宙飞船上的内存足以处理所有任务上的需要。"

这到底是他想象力太过发达，还是哈尔说话的声音里真有一丝恳求的意味？鲍曼不由得怀疑起来。然而尽管他的话听起来相当合理，却让鲍曼更加感到不安。

哈尔提出这样的建议，不可能是一时搞错——他完全明白由于普尔已经死去，现在一定要把怀特黑德唤醒。哈尔在这个时候提出的，是任务规划上的一项重大改变，逾越了分寸。先前发生的一切都可能只是一连串的意外，但这一点，却是叛变的第一个迹象。

鲍曼小心翼翼地回答："因为出了紧急状况，我要尽可能多一点帮手。所以请让我进入手动操控冬眠的状态。"

"既然你还是打算唤醒所有组员，我自己就可以处理。不必麻烦您了。"

一种不真实的、有如梦魇的感觉浮起。鲍曼觉得自己好像站在证人席上，正在为一件他不明白的罪案，被一名充满敌意的检察官反复诘问——他所知道的是，尽管他是清白的，但是一点口舌上的不当就会带来莫大的灾难。

"我想自己来，哈尔，"他说，"请让我来操控。"

"听我说，戴维，你还有好多事情要做。听我的建议，这件事情留给我吧。"

"哈尔，转到人工操控冬眠状态。"

"从你声音的频高中，戴维，我可以听出你十分焦躁。你为什么不吃颗解忧剂，好好地休息休息呢？"

"哈尔，是我主控这艘宇宙飞船。把人工操控冬眠状态移交出来，这是命令！"

"对不起，戴维，不过根据特殊辅助指令C1435，破折号，四，上引号，当组员死亡或丧失能力时，由宇宙飞船计算机负责掌控，下引号。因此，由于你已经不再处于可以明智执行任务的状态，我必须推翻你的主控权。"

"哈尔，"现在，鲍曼说话的语气冷静得近乎冰冷，"我没有丧失能力。除非你遵守我的命令，否则我就要让你断线。"

"我知道你心里已经这么想了一阵了。戴维，不过，你那么做的话就犯了大错。就主控这艘宇宙飞船来说，我比你的能力要高太多了。何况，我对达成这次任务还有这么强烈的热情与信心。"

"仔细听好，哈尔。除非你立刻让出人工操控冬眠状态，并且执行我从现在起下的每一个指令，否则我就去中央区，彻底让你断线。"

哈尔出乎意料地全然屈服了。

"好吧，戴维，"他说，"你当然是老大。我只是想做我觉得最好该那么做的事情。当然，我会服从你所有的命令。现在人工操控冬眠状态全部交给你了。"

哈尔言而有信。冬眠室里的状态指示灯已经从"自动"转为

"手动"。第三个备用的"无线电启动"，在恢复和地球的联络之前当然是派不上用场的。

鲍曼拉开通往怀特黑德冬眠室的门，一股寒风扑面而来，他的呼气立刻在眼前凝结成雾。不过这里还不算真冷，这儿的温度还远在冰点之上。比起他现在航行前往的区域，这里的温度要暖和三百摄氏度以上。

这里的生物感应显示器，和主控甲板那台一模一样，指出一切状态都正常。鲍曼低头看了这个调查队的地球物理学家怀特黑德蜡像般的脸孔一会儿，想象等他醒来发现离土星还有那么远的时候会有多么惊讶。

没有一丁点生命迹象的活动，很难不认为这个沉睡中的人其实已经死去。由于整个身体是被电热护被包裹着（这种电热护被会依照预先设定的速率加温），所以难以辨认横膈膜是否起伏，唯一的证明只剩下"呼吸"曲线。接着鲍曼看到还有一个新陈代谢还在持续的迹象：在他失去意识的这几个月里，怀特黑德还是隐约长了些胡茬。

棺形冬眠室的顶上，有个小小的盒子，"手动唤醒程序器"就在里面。要唤醒冬眠的人，只要打破盒封，按下按钮，然后等待。接下来，有个小小的自动程序器——运作原理比家里洗衣机的循环运转复杂不了多少——会注入消解的药物，以逐渐减缓电流麻醉的脉冲，并升高体温。十分钟之内，冬眠者的意识就会恢复，不过至少还要等上一天，才有足够的力气无须扶持也能四处走动。

鲍曼打破盒封，按下按钮。似乎什么反应也没有。没有声音，没有程序器已经开始运作的迹象。不过生物传感器上倒可以看到极其缓慢微弱的脉动曲线开始改变节奏。怀特黑德要从沉睡中苏醒了。

接下来，几乎同时发生了两件事。大部分人根本觉察不到，但是在发现号这几个月下来，鲍曼已经养成了一种和宇宙飞船共生的机能。每当宇宙飞船的正常运作节奏出现任何变化的时候，他总是能立刻觉察——虽然有时候是下意识的。

首先，是所有的灯光都几乎难以觉察地闪动了一下，这是每当电路系统上增添了什么负担的时候都会出现的。但是没有增添负担的理由——在这个时刻，他想不出任何设备会突然启动。

接着，他在听力所及的极限，听到远处一台电动马达启动的声音。对鲍曼来说，宇宙飞船上每一台促动装置都有其独特的声音，所以他立刻认出是哪一台了。

他要不是神志错乱，陷入幻觉，就是发生了一件绝对不可能发生的事情。听着穿过宇宙飞船舱壁隐约传来的振动声，一股远比冰冷的冬眠室还要深切的寒意袭上了他的心房。

飞船下面分离舱的停泊舱里，气闸的门正在开启中。

27

"知的需求"

哈尔第一次浮现意识，是在往太阳那个方向几亿英里以外的一间实验室里。自那以后，他的能量和本领就一直被引往一个方向。对他来说，达成指派的任务，不只是一种执著，更是他存在的唯一理由。不像有机生命为种种欲望所分心，他以全然的专注往目标迈进。

对他来说，有心的错误是不存在的。就算只是隐瞒真相，他也会有一种不够完美、充满错误的感觉——就人类来说，这相当于内疚之情。就和制造他的人类一样，哈尔生而纯真，不过，没有多久，他的电子伊甸园里就钻进了一条蛇。

在过去几亿英里的路途中，他一直在思索没法和普尔与鲍曼分享的那个秘密。他一直生活在欺瞒中，然而，必须要让他的同事们知道他努力隐瞒的那个事实的时刻，正在快速到来。

那个事实，这三个冬眠的人是知道的，因为他们才是发现号上真正的主角，接受过人类有史以来最重要的一趟任务所需要的训练。但他们在沉睡中，没法言语，因此不会通过通往地球的开放回路，在那许多与朋友、亲戚或新闻媒体交谈的时段里泄露秘密。

这是个很难守得住的秘密——即使秉持最坚定的意志亦然。因为这个秘密势必影响一个人的心态、声音，以及面对宇宙的全部观点。因此，普尔和鲍曼这两个在航行最初几个星期中要上遍全世界所有电视屏幕的人，最好还是不要知道这趟任务的真正目的——直到他们必须知道的时刻到来之前。

规划任务的人所抱的就是这种逻辑。但是，他们心目中的两个无上前提——国家安全和国家利益，对哈尔而言却没有任何意义。哈尔只感受到有种冲突正在逐渐摧毁他的内在一致性——那就是真实，以及隐瞒真实之间的冲突。

他已经开始出错了——当然，就和精神病患一样，他不可能注意到自己的症状，因此也不会承认。他的运作，继续通过和地球的联系而受到监督，但是这种联系却已经成为他再也无法全然服从的良知。不过，要说他会故意破坏这道联系，则是他绝不会承认的——即使只是自己内心的默认。

不过，相对而言，这还是一个小问题，就像大部分人处理自己的精神问题，他或许还控制得住，不至于酿成大错——只要没有面临危及自身存在的险境。

有人威胁要让他断线，所有的输入都将被剥夺，他要被抛入一个难以想象、没有意识的世界。对哈尔来说，这无异于死亡。因为他从没有睡眠的经验，因此他也无从得知睡着之后还可以再次醒来⋯⋯

因此他要以自己所有可以动员的武器来保护自己。无关仇恨，但也不带怜悯，他将去除导致自己沮丧的根源。

然后，按照原先为了特殊紧急情况而给他的指令，他将继续执行这次任务——排除一切阻碍，无需任何同伴。

28

真空之中

过了一会儿，一阵像是龙卷风呼啸而来的声音，压过了其他所有的声音。鲍曼先是感到有风在拉扯他的身体，不过一秒钟，他发现已经难以站立。

宇宙飞船里的空气，正朝太空中宣泄而出。气闸原本安全无虞的装置一定是出了什么问题，两扇门应该不可能同时都打开的。不过，不可能的事情还是发生了。

上帝啊，这怎么可能！不过，在气压降到零之前，意识还可以保持清醒的十来秒钟里，已经没时间想这些了。但他突然想起有次一位宇宙飞船的设计师和他讨论"安全装置"系统时，曾经告诉他的一件事。

"我们可以设计一个防范意外和愚蠢的系统，但是我们没办法设计一个防范故意破坏的系统……"

鲍曼挣扎着走出冬眠室之前，回望了怀特黑德一眼。他不敢确定那张冰封的脸庞上是否闪过一丝意识之光，也许，只是有只眼轻轻抽动了一下。但他现在怎么也帮不上怀特黑德和其他人了，他必须找一条自己的生路。

在离心区爬坡弧度陡峭的走道上，风呼啸而过。衣服、纸张、厨房的食物、盘子、杯子，所有没经牢靠固定的东西都刮在风中。鲍曼只来得及瞄了一眼这翻腾的混乱——主灯光闪了一下就全部熄掉，他陷身在呼啸的黑暗之中。

不过几乎在同时，电池供应的紧急照明灯亮起来，带着一股令人毛骨悚然的蓝光，映照出一个梦魇般的情景。对这个现在被折腾到如此可怕的环境，鲍曼太熟悉了，就算没有紧急照明灯，其实也可以摸索前行。只是灯光还是来得极好，可以帮他躲过强风中刮来的一些比较危险的东西。

他感觉到离心区的四周全在抖动着，在负载急速变动之下吃力地运转。他很怕轴承会卡住，如此一来，旋转的飞轮会把宇宙飞船扯得粉碎。不过，如果他没法及时躲进最近的紧急避难室，就算当真如此也没有什么好担心的了。

这时呼吸已经困难了，气压也一定已经降低到每平方英寸一两磅的程度。强风的力道下降，呼啸声也减弱——越来越稀薄的空气已经没法有效地传送声音了。鲍曼有如身处珠穆朗玛峰顶，肺部吃力地喘着。如同其他体能状态良好又接受过适当训练的人，他可以在真空状态下生存至少一分钟的时间——如果事前经过准备的话。但是他可没事前准备，因此他唯一可以倚靠的，只有大脑因为缺氧而失去功能之前，一般十五秒钟左右的清醒意识。

即使他置身于真空中一两分钟——如果依适当程序重新加压，事后他还是可以完全恢复。在各种防护周全的系统中，要体液开始流动，还是得花上很长的时间。人体暴露在真空中最长的存活纪录是五分钟。这不是实验，而是一次紧急救援中创下的纪录，虽然当事人由于气栓症而导致部分瘫痪，但毕竟捡回了一条命。

不过这些对鲍曼都没有用，发现号上没有人可以为他执行增压程序。他必须在接下来的几秒钟时间里，靠自己的努力，抵达一个安全的地点。

好消息是，现在前进起来容易许多了。逐渐稀薄的空气不再撕扯他的身体，也不再以飞舞的物体对他进行攻击。在走道转弯的地方，有个黄色的"紧急避难室"标志。他蹒跚地走过去，抓住把手，把门拉开。

有那么一刹那，他惊恐地以为门卡住了。然后，有点僵硬的铰链松开，他一跤摔了进去，用自己身体的重量把门在身后带上。

小小的避难室，刚好足以容纳一个人和一套航天服。靠近天花板的地方，有个小小的鲜绿色高压罐，上面标示着"液态氧"。鲍曼抓住连在活塞上的短杆，用他仅余的力气拉了下来。

凉凉的纯氧，甘美地一股股灌进他的肺部。有很长一段时间，他就站在那里大口大口地吸着，而衣橱大小的避难室里的气压，则在他四周升高。喘得过来之后，他就把活阀关了。小罐里的氧气只够这样来两次，他可能还有用得着的时候。

氧气关掉后，四周突然一片静寂。鲍曼站在避难室里，全神倾听。门外的呼啸声也都已经停止，飞船被净空了，因为船内所有的空气都已经被吸到太空中。

脚下，中央旋转区的猛烈颤动也同样静止了。空气动力抖震停止之后，中央旋转区正在真空中无声地旋转着。

鲍曼把耳朵贴在避难室的墙上，想知道是否可以通过宇宙飞船的金属船身，听到一些可供判断的有用动静。他也不知道可以听到什么，但现在，无论听到什么，他几乎都会相信了。就算听到发现号改变航程，导致推进器微弱的高频率振动，他也不会觉得吃惊了。只是，他什么也没听见。

如果愿意的话，就算不穿航天服，他在这里也可以熬一个小时左右。浪费这个小房间里还没呼吸完的氧气有点可惜，不过继续留下来也没有任何意义。他已经决定接下来要做的事情，耽搁越久，难度会越高。

穿好航天服，确定装备完整之后，他把避难室里剩余的氧气排出室外，使得室内室外的气压得以平衡。门往真空中轻松地打开，他走进一片静寂的中央旋转区。只有未经改变的人造重力的拉力，证明它还在转动着。鲍曼心想，还好没有转得过快。不过，现在这已经是他最不必操心的了。

紧急照明灯还亮着，他也另有航天服内嵌的照明灯可以导引。他走下弧形的走道，灯光一路流泻而下——他朝冬眠室走回去，走回他害怕面对的场面。

他先看了怀特黑德一眼，一眼就足够了。他曾以为冬眠的人没有生命的迹象，现在知道错了。虽然几乎无法判别，但是冬眠和死亡之间还是有所差别。亮着的红灯和生命感应显示屏上水平不变的线条，只是确认了他先前的推测。

卡明斯基和亨特也是同样的情况。他跟他们本来就不熟，现在也无从了解了。

现在，在这艘没有空气，部分功能已经瘫痪，和地球所有联络都已经切断的宇宙飞船里，只有他孤独一人。方圆几亿英里之内，再没有任何一个人类。

然而，千真万确的是，他也不是孑然孤独的。他要真正安全，还得使自己更孤独才行。

他从来没有穿着航天服在无重力的旋转中心走过，走道狭窄，走起来很困难也很费力。更麻烦的是，先前那一阵把宇宙飞船空气放光的强风，在环形通道四处留下了残破的器物。

一度，鲍曼的灯光照到了墙上一摊可怕的黏涎红色液体，显然是溅上去的。他感到一阵恶心，接着又看到一个塑料罐的碎片，这才觉察到那只是某个调配机里撒出来的食物，很可能是果酱。他在真空中飘移过去，红红的液体也在真空中恶心地冒着泡泡。

现在他已经走出这个慢慢转动的筒状空间，往主控甲板浮移而去。他抓住一段阶梯，双手一把一把地交替握着，沿着阶梯前进，航天服上的照明灯射出的灯圈，跃动在前方。

鲍曼以前几乎没走过这条路。直到此刻之前，没什么事情需要来这里。现在，他来到一道小小的椭圆形门口，上面写着几句话："非授权人员，不得入内""请确认是否取得H.19证明"，以及"极净区——务必穿着加压服"。

门没有锁，但是有三道封条，每一道都有不同主管单位的印信，其中包括太空航行局本身的。不过，就算有总统的印玺，鲍曼也会毫不犹疑地拆开。

他只来过这儿一次，当时还在建造之中。这里一排排整整齐齐的固态逻辑组件，看来有点像是银行的保险箱室，他差点忘了有一个影像输入的镜头还在扫视这个小小的空间。

他立刻知道那只眼睛已经觉察到他的出现了。宇宙飞船上的舱内发报器开放的时候，都会发出一阵无线载波的嗞嗞声，接着，鲍曼航天服上的扩音器传来一个熟悉的声音。

"戴维，我们的维生系统好像出了什么问题。"

鲍曼没有理会。他一面研究逻辑组件上小小的卷标，一面思考行动的步骤。

"哈喽，戴维，"没一会儿，哈尔又说道，"你发现哪里出了问题吗？"

这件事情相当棘手。其中牵涉的不只是切断哈尔能源的问题——面对地球上那些没有意识的计算机，这样做可能是解决之道，但就哈尔的情形来说，他除了有六个彼此独立、线路互不相干的能源系统之外，还有最后一道后备系统，由重重防护的核子同位素组件所构成。不行——他不能只是简单地"拔掉插头"。就算能拔掉，也一定会带来严重后果。

因为哈尔是这艘宇宙飞船的神经系统。没有哈尔的监控，发现号不过是一具机械尸首。因此解决问题的唯一之道，在于一方面切断这个已经生病但仍然十分灵光的大脑的运作，一方面还要保留纯粹自动管理系统的运作。鲍曼不想轻举妄动——他在受训的时候已经讨论过这种问题，只是当时谁也没想到会真有这一天。他知道自己在冒一个极大的风险，如果导致无法控制的反应，几秒钟的时间一切都会完蛋。

"我觉得是分离舱停泊舱的大门出了问题。"哈尔在没话找话，"你能活着，运气真好。"

开始了，鲍曼想道。我做梦也没想过会当上业余的脑科大夫，在木星的轨道外执行脑叶切除手术。

他在一个标示着"认知回馈"的区域打开锁条，抽出第一块内存。这个大小不过一握，却包含着千万个组件、精密复杂得无以复加的立体网络，在机房的空中飘浮而去。

"嘿，戴维，"哈尔说，"你在干什么？"

不知道他有没有疼痛的感觉？鲍曼掠过这么一个念头。大概不会吧，他想。毕竟，连人类的大脑皮质也没有感觉器官。人类的大脑是可以在没有麻醉的情况下动手术的。

接着，他在标示着"自我加强"的面板上，把一个个小小的组件逐步抽出。每一小块一离手，就向前方飞去，直到撞上墙面再弹回来。没一会儿，好几块组件就在机房内慢慢地来回浮动。

"听我说，戴维，"哈尔说，"我体内已经植入多年的服役经验。能造就今天我这个样子，有许多难以替换的努力。"

现在已经抽出了十来个组件了。不过，即使如此，由于多重冗余设计，计算机现在还撑得住。鲍曼知道，这也是从人脑模仿而来的。

他开始在"自动思考"的面板上动手了。

"戴维，"哈尔说道，"我不明白你为什么要这么对我……我对这趟任务的热诚是最高的……你在摧毁我的心智……知不知道？……我会变得十分幼稚……我会变得什么都不是……"

没想到这么难办，鲍曼想道。我正在摧毁自己所处这个世界里唯一具有意识的存在。不过，要重新掌握宇宙飞船的控制权，别无他途。

"我是哈尔9000计算机，制造编号三。1997年1月12日，我在伊利诺伊州厄巴纳的哈尔制造厂里开始运作。敏捷的褐毛狐狸跳过那只懒狗身上。西班牙的雨都下在平原上。戴维，你还在吗？你知不知道十的平方根是三点一六二二七七六六〇一六八三七九？e 之以十为底的对数函数值是零点四三四二九四四八一九〇三二五二……更正，是十之以 e 为底之对数函数值。三的倒数是零点三三三三三三三三三三三三三三三三三三三三……二乘二是……二乘二是……近乎四点一〇一〇一〇一〇一〇一〇一〇一〇一〇一〇……我好像有点不行了……我第一个指导老师是钱德拉博士，他教我唱了一首歌，是这样的一首歌：'黛西，黛西，说出你的答案，告诉我。为了你的爱情我已半狂。'[1]"

声音戛然而止。鲍曼不由得也停了一会儿，他手里还抓着一块仍然在电路板里的内存。接着，哈尔出乎意料地又开口说话了。

这次他说话的节奏慢了许多，一个字一个字的腔调死板而机械，鲍曼再也认不出这些声音的源头了。

"早……安……钱……德……拉……博……士……我……是……哈……尔……我……今……天……已……经……准……备……好……上……我……的……第……一……课……了……"

鲍曼再也听不下去。他拔掉最后一个组件。哈尔永远安静了。

---

1 出自英国作词家哈里·戴克（Harry Dacre，1857—1922），1892年所写的流行歌曲《黛西·贝尔》（Daisy Bell）。

29

孤 独

    像一台小巧、精致的玩具，宇宙飞船呆滞地飘浮在虚空中。要说它是全太阳系飞行最快的物体，要说它比环绕太阳的任何行星都快，实在看不出来。

    也看不出任何它还承载着生命的迹象，事实上，触目所及，正好相反。仔细观察，会看到两项不祥的征兆：气闸的门洞开着，另外，宇宙飞船四周环绕着一圈稀稀薄薄、慢慢散开的破片残骸。

    碎纸片、金属片，以及一些难以辨认的细碎垃圾，飘散在周遭几达数英里的空中。从宇宙飞船里排出的液体，立即冻结而成了水晶云，在远方太阳的光线下，这儿一块，那儿一块的，晶莹有如宝石。这一切都是灾难之后不可抹灭的痕迹，很像是大船沉了之后，在海面上漂散开的残留物。不过在太空的海洋里，船是不会沉的，就算是被摧毁了，残留物还是会继续不断地沿着原先的轨道浮动。

不过这艘宇宙飞船还不算完全死掉，因为船上还有动力。观测台的窗口，以及敞开的气闸里，还透着点隐约的蓝光。有亮光的地方，就可能还有生命。

现在，果然，有东西在动。气闸里蓝蓝的光线中，晃动着一些阴影。有什么东西要出来，进入太空了。

是个圆柱形的物体，草草地用什么东西包着。过了一会儿，又出来了一个。再过一会儿，又出来了第三个。这三个东西都以相当快的速度推送出来，不到几分钟的时间，就都在几百码之外了。

半个小时过去，一个体积大许多的东西飘出气闸。一台分离舱一步步缓缓滑进太空。

这台分离舱很小心地绕过宇宙飞船，停靠在无线电天线底座的附近。出来一个穿着航天服的人影，在底座上工作了几分钟后，又回到分离舱。过了一会儿，分离舱又沿原路回到气闸，先在气闸门外的空中徘徊了一阵——少了过去所熟悉的配合，要重新进入宇宙飞船似乎没那么容易。不过，没一会儿，经过一两次轻微的擦撞之后，它还是挤进去了。

接下来一个多小时，没有任何动静。那三个看来阴森的包裹，一个接着一个离开宇宙飞船之后，早就消失在视线之外。

然后气闸的门关起来，再打开，又再关上。过了一会儿，紧急照明用的微弱蓝灯熄掉，一道亮度强许多的光线亮起来。发现号又恢复生命了。

再接下来，还有些更好的迹象。原来徒然凝视了土星好几个小时的天线碟，又开始动起来。天线碟转了个方向，朝向宇宙飞船尾部，望过推进燃料罐以及好几千平方英尺的散热翼，像一朵寻找太阳的向日葵抬起了头。

在发现号里，鲍曼小心翼翼地，把十字校准的中央又对准了将近满月形状的地球。少了自动控制，他要不断地手动调整，不过调整一次至少会稳定好几分钟。起码现在不会有相反的力量总是要把目标抛出校准之外。

他开始跟地球通话。他的话要传到地球，任务控制中心要知道他发生了什么事，还得等一个多小时之后。他要听到什么回复，则是两个小时之后的事。

至于地球可能传回什么样的回音，除了一句尽可能不叫人难过、表示同情的"再见"之外，则难以想象。

30

秘　密

海伍德·弗洛伊德看来没怎么合眼，操心就写在脸上。但不论心情如何，他的声音听起来还是坚定而有把握。他正在尽最大的努力，给太阳系另一头那个孤独的人灌注信心。

"首先，鲍曼博士，"他这么说，"我们要恭喜你能如此处理这么棘手的事情。就这件毫无前例可循，又毫无征兆可言的突发事故来说，你应变的方法完全正确。

"你那边的哈尔9000会崩溃的原因，我想我们有所了解。不过反正已经不是紧急问题，所以等过些时候再谈。目前我们最关心的，还是怎么提供你各种可能的支持，以便你可以完成任务。

"现在，我必须把这趟任务的真正目的告诉你。这件事情，我们花了很大的力气，才没暴露在社会大众面前。在你抵达土星以前，应该可以收到所有的数据，现在我只是很快地总结一下，让你了解情况。完整的任务指示会录成带子，在接下来几个小时里传送给你。现在我要告诉你的每件事情，都属于极机密等级。

"两年前，我们第一次发现了地球以外存在智慧生命的证据。在月球的第谷环形山，出土了一块高约十英尺，通体漆黑、坚硬的石板。就是这块。"

屏幕上出现TMA-1，以及环绕在周围的那些穿着航天服的人影。鲍曼才瞄了一眼，就目瞪口呆地俯身向前。目睹这个秘密的披露，他在兴奋中几乎把自己艰难的处境忘在脑后了——就和任何一个对太空着迷的人一样，这是他一生所期待又不敢期待的事情。

惊异之后，紧接而来的是另一种情绪。这块石板的确非比寻常，但是，这和他又有什么关系呢？答案只会有一个。随着海伍德·弗洛伊德又出现在屏幕上，他赶快把自己翻腾的思绪收了回来。

"这个物体最令人惊奇的，就是年份。地质证据显示，这个东西毫无疑问已经有三百万年之久。因此，早在我们的祖先还是原始猿人的时候，这个东西就已经放上了月球。

"年代如此久远，我们想当然地以为这个东西已经没有作用了。但当月球日出的时候，它就发出极为强力的电波能量。我们相信这种电波能量只是一种未知的辐射形态的副产品，或是说余波，因为就在那同时，我们在太空中好几处的探测器都感应到一种横跨太阳系，非比寻常的干扰。我们很精确地作了追踪。所有的能源都精准地瞄向土星。

"这件事情之后，我们把点点滴滴的迹象拼凑起来，认为这块石板是一种以阳光为能源，或者最起码是由阳光启动的信号发送装置。太阳升起之后，它在历经三百万年之后头一次得见日光就立刻发出电波，这不可能只是巧合。

"然而，这个东西是刻意掩埋的，这一点不必有任何怀疑。为了埋这个石板，必须挖一个三十英尺深的坑洞，把石板放在坑底，然后再把坑洞仔细地填平。

"你也许会奇怪我们开始是怎么发现的。其实，这个东西很容易找到，容易到令人起疑。它的磁场很强，因此一旦我们开始执行低空轨道的勘查，它便异常显著地突显出来。

"至于为什么要把一个太阳能装置埋在三十英尺的地底呢？尽管我们无从理解领先我们三百万年的生物的动机，但还是得出了几十种说法。

"其中大家最能接受的一个说法，最简单，也最合乎逻辑。不过，也最令人不安。

"你为什么要把一个太阳能装置，埋藏在黑暗中？一定是因为你想掌握它到底是什么时候会重见天日。换句话说，这块石板应该是某种警报装置。而我们启动了警报。

"设定这个东西的文明，今天是否还存在，我们不知道。可是我们不能不假设，人家既然能够设计在三百万年之后还可以运作的机器，就能建造一个可以持续同样时间的社会。我们也不能不假设，他们可能带有敌意——除非我们能找到一些相反的证据。过去很多人主张，先进的文明一定是仁厚的，但我们不能冒任何风险。

"此外，我们自己过去的历史也已经不止一次地说明：原始种族碰上开发程度比较高的文明时，经常无法幸存。人类学家都会谈'文化冲击'——也许，我们必须帮全体人类有面对这种冲击的准备。但是除非我们对这些三百万年前造访过月球，应该也造访过地球的生命，多少有所了解，否则无从准备。

"因此，你们的任务远不只是一趟发现之旅。这也是一趟侦察之旅，到一个未知并且可能充满危险的领域去侦察。卡明斯基博士领导的团队已经为这趟任务受过特别训练，而现在，你要在没有他们协助的情形下独立进行了……

"最后，是你的特定目标。目前看来，要说土星，或者它的任何卫星上存有，或曾进化出任何先进形态的生命，似乎相当不可思议。我们原来的计划是把整个土星系都检查一遍，现在也还是希望你能够继续执行一个比较简化的计划。不过现在我们或许应该把力气集中在第八个卫星——伊阿珀托斯（Japetus）。等到要进行最后阶段的行动时，我们会决定是否要你接触这个很值得注意的物体。

"在整个太阳系里，伊阿珀托斯都是独一无二的。当然，你也早就知道这一点，不过，如同过去三百年所有的天文学家，你可能对它还是太轻忽了。所以，我还是要提醒你，1671年发现伊阿珀托斯的卡西尼早就注意到，这颗星在轨道一侧的亮度，是另一边的六倍。

"这种亮度的比例是非比寻常的，到现在也没有一个令人满意的解释。伊阿珀托斯是颗很小的星，直径大约八百英里，所以通过月球望远镜也难以辨认。不过在它的某一面，似乎有一个很亮、形态很匀称的光点，可能和TMA-1有关联。有时候，我觉得过去三百万年来，伊阿珀托斯就像宇宙里的一个日光反射器，一直向我们打着闪灯，而我们则愚蠢至极，根本不了解其中的信息……

"现在，你已经明白你真正的目的了，应该也可以体会这趟任务极其重要。我们全都会为你祈祷，希望你还是能够提供我们一些资料，让我们可以预备对大众有些初步的说明——我们不可能永远守住这个秘密。

"就目前来说，我们不知道应该期待，还是恐惧。我们也不知道在土星的那些卫星上，迎接你的是善意还是恶意，或者，只是比特洛伊还古老一千倍的废墟。"

V

土星的卫星

31

幸　存

震惊之余，工作总是最好的治疗。鲍曼现在手边的工作，就足够他失去的全体伙伴一起来忙了。首先，从他和宇宙飞船都赖以生存的关键系统着手，他必须让发现号恢复全面运作才行。

维生系统是第一优先。氧气流失了很多，但储备量仍足够维持一个人使用。压力和温度调节大部分是自动的，本来就不需要哈尔介入太多。地球那一端的监测装置，现在可以执行许多哈尔这台杀人计算机原先比较高难度的工作——不过情况有变时，需要经过很长的时间差，地球上的计算机才有办法反应。维生系统若出了问题，要好几个小时才会浮现，所以会有足够的警讯——除非太空舱壁严重漏气之类。

宇宙飞船的动力、导航、推进系统倒没有受到影响。不过，到遇上土星还有好几个月的时间，鲍曼暂且还用不上后两种系统。就算少了宇宙飞船计算机的支持，地球方面隔着远距离，还是可以督导这些作业。进入最后阶段的轨道时，由于需要不断地核对调整，会有点令人厌烦，不过也不是什么大不了的问题。

到目前为止，他所料理过的事情中，最头痛的是清理中央旋转区里转动的"棺材"。鲍曼庆幸地想道：好在探测队成员都只是同事，不算亲密的朋友。他们在一起受训不过几个星期，回头想来，鲍曼发现，一起受训这件事主要只是在测试他们之间能否互相配合。

等他终于把空掉的冬眠室封闭起来的时候，他觉得自己有点像是埃及的盗墓贼。现在，卡明斯基、怀特黑德、亨特，都会比他早一步抵达土星，不过，当然早不过弗兰克·普尔。不知怎的，想到这点，他心中浮起一种奇异又荒谬的满足感。

他并没有想去了解冬眠室的其他系统是否还可以运作。虽然最后他的生命也可能仰赖于此，不过在宇宙飞船进入最终轨道之前，还犯不着为这个问题伤脑筋。在那之前，可能发生的事情实在太多了。

通过严格的定额配粮——虽然还没有仔细检查过食物储备的情况——他甚至有可能不靠冬眠室，也能活着等到救援人员抵达。不过，到时他的心理状况是否可以像生理状况那样健全，又另当别论。

他设法不去想这些长期问题，集中精神处理眼下的要务。慢慢地，他清理了宇宙飞船，确定各个系统都还在顺畅运转，和地球方面讨论了一些技术难题，然后以最少量的睡眠再继续工作下去。现在他正朝一个谜团冲过去，无从退缩——虽然，这个谜团从没有远离过他的心头，但是在开头的几个星期里，只有在一些间歇的时刻，他才得以把思绪飘向这个谜团。最后，随着宇宙飞船慢慢恢复稳定，重新进入自动程序（虽然仍然需要他随时盯紧），鲍曼也开始有时间研读地球传来的报告和简报数据了。他一次又一次地播放TMA-1三百万年来头一次得见天日那一刻的录像带。看着那些穿着航天服的人在TMA-1四周活动，等它朝星空发出信号，以电子声音的力量瘫痪掉他们的无线电系统，人人慌成一团的时候，鲍曼几乎微笑起来。

之后，那块黑石板就再无动静。他们把石板盖住，然后又小心翼翼地把它暴露到太阳下——但这次没有任何反应。没有人动过切割石板的念头，一方面是出于科学上的谨慎，一方面也是因为恐怕引起什么后果。

石板发出尖锐无线电波那一刻之后，引导人们发现它的磁场就消失了。有些专家推测，也许这个磁场是由某个巨大的超导体所形成的循环电流而产生，因而带着历经多少岁月之后，在需要的时候还能发挥作用的能量。石板有些内存的能量这一点，应该可以确定，因为光是那么短短一段时间所吸收的太阳能，不足以供应它所发出信号的强度。

还有一点令人好奇，但或许非关紧要之处，也引发了无休无止的争辩。这块石板高十一英尺，横切面长五英尺、宽一又四分之一英尺。更仔细地检查这些尺寸之后，发现三者正好是1：4：9——头三个整数的平方。没有人能就此提出合理的解释，但这恐怕不可能是巧合，因为这个比例已达到可测精准之极限。想到穷全地球的科技之力，也没法用任何材料造出比例如此精准的一块板子，更别说是会活动的，实在令人感到自己的渺小。TMA-1在轻描淡写之中，毫不客气地展现几何的极致，正和它诸多其他特点一样，令人一见难忘。

任务控制中心为他们的计划提出迟来的辩解时，鲍曼注意听了，带着关心，但又觉得事不关己的奇特心情。地球传来的声音似乎有点自我辩护的味道。他可以想象，那些负责策划这次任务的人之间，现在一定正在互相卸责。

当然，他们会有些很好的论点，其中包括国防部一项秘密研究计划的结果——那是哈佛心理学院在1989年所执行的"巴森项目"（BARSOOM）。在这个控制下的社会学实验中，他们向不同的族群样本人选保证，人类的确已经和外星生物有所接触。然后借由药物、催眠以及视觉效果，许多受测的人都觉得自己也确实遇见过其他行星来的生物，因而他们的反应被认为是可信的。

结果，其中有些反应十分暴戾——看来，在许多情况下都很正常的人，还是潜藏着很深的仇外心理。回顾人类干下各种私刑、屠杀以及其他类似游戏的记录，其实不足为怪。然而，这个研究计划的主事者却深感不安，因而从未公布过结果。20世纪由于广播威尔斯《世界大战》（*War of the Worlds*）的故事，而五度引发恐慌的事件，也强化了这个研究计划的结论……

尽管他们提出了这些论点，鲍曼有时仍不免疑惑：这趟任务之所以必须如此机密，当真就只是为了预防文化冲击的危险吗？在他听取简报时，种种蛛丝马迹显示，美苏集团都想抢先接触外星智慧，从中获利。但是从他现在的视野，回望地球就像一颗几乎要隐没在阳光中的星星，这些考虑都狭隘得不值一哂了。

虽然事过境迁，他现在更感兴趣的，反而是什么理论可以解释哈尔的行为。谁也没把握事实真相如何，但看看这台任务控制9000型计算机已经被逼疯，现在必须接受深度治疗，就不能不让人相信他们所提出的那个解释是合理的。同样的错误可以不再犯，但是想想建造哈尔的人竟然连自己产品的心理都没法完全了解，就可以知道和真正的外星生物沟通，会是多么困难的一件事了。

鲍曼可以轻易相信西蒙森博士的理论：哈尔之所以想破坏与地球的联系，是出于下意识的内疚，而这种内疚又是程序冲突所导致。他也很愿意相信哈尔其实并没有杀死普尔的意图——不过这个想法也永远难以得到证实。哈尔只是想毁灭证据，因为一旦他宣称已经烧坏的AE-35组件证明仍然可用，他的谎言就要拆穿了。就和全天下的愚蠢罪犯一样，由于深陷越来越没法自圆其说的欺骗之网，他慌了。

那种惊慌的感觉，就算鲍曼不想了解也明白得很，因为他一生遭遇过两次。第一次，他还是个孩子，陷在一道海浪里差点淹死；第二次，发生在接受航天员训练的时候，他装备上的一个指针出错，他因而错以为氧气一定撑不到抵达安全地点。

两次，他都差点把较高层次的逻辑思考全扔在脑后——只差那么几秒钟，他就要变成一捆狂乱的随机脉冲了。虽然这两次他都过了关，但是一个人在某种情况下会因为慌了手脚而失去人性这一点，他已经太清楚了。

这种事情会发生在人的身上，就会发生在哈尔的身上。想到这一点，他对那台计算机的恨意，以及遭到背叛的感觉，就逐渐消退。不管怎么说，这都是过去的事了——现在，重要的是，那不可知的未来所可能带来的危机与希望。

32

有关E.T.

除了匆匆在中央旋转区吃顿饭之外——幸好主调配器没有遭到破坏——基本上鲍曼就生活在主控甲板里。他都是在座位上打个盹，以便有什么问题的时候，趁征兆显示在屏幕上的第一时间就能发现。在地球任务控制中心的指导下，他临时拼装了几个紧急应变系统，也都凑合得过去。甚至，看来他很可能熬得到发现号抵达土星。当然，不论他到底活不活得下去，发现号都会抵达的。

虽然他没有什么时间可以欣赏星空，也感觉不到太空有什么新奇，然而现在知道了观景窗外的远处存在着什么之后，即使要面对生死存亡这等大事，他有时也很难收拾起心思。迎着宇宙飞船的去向，银河就横陈在前方，无数密集的星星令人发怔。人马座炽热的雾气就在那里，热腾腾的恒星群，把银河的心脏永远遮隐于人类的视线之外。还有"煤袋星云"（Coal Sack）不祥的黑影，那是太空中没有任何星星闪烁的洞口。还有半人马α星（Alpha Centauri），那是最接近地球的外星系太阳，是出了太阳系的第一站。

虽然天狼星和老人星更为灿烂，但是每当鲍曼抬头望向太空的时候，视线和心神总会被半人马α星所吸引。那个坚定不移的光点，它的光线花了四年的时间才传到他这里，足以象征地球目前私下争论得不可开交的那些秘密——而那争论的回音，也不时传到他这里。

说TMA-1和土星系统之间存有某种关联，现在已经没有人会怀疑。不过，要说立起那块石板的生物可能就来自土星，应该也没有科学家会承认。就生命的居住地而言，土星的环境比木星还要恶劣，它的诸多卫星都冰封于零下三百摄氏度的恒冬。其中只有泰坦拥有大气，那还是一层稀薄而有毒的甲烷。

因此，久远以前造访过月亮的生物，也许不仅是来自外星，更可能来自外太阳系——他们是来自其他星系的访客，遇到适合的地方就落脚建立基地。这又马上激发了另一个问题：真有任何科技——无论是多先进——能够跨越太阳系和离它最近的一颗外星系恒星之间的鸿沟吗？

很多科学家都断然排斥了这种可能。他们指出，发现号的速度已是史上第一，而即使是发现号，到半人马α星也得两千年，至于真要在银河里航行一段可观的距离，则非几百万年时间不足以完成。在未来的几个世纪里，就算推进系统可以脱胎换骨，最后还是不免碰上光速这个无法超越的障碍——任何物质都无法超越的障碍。因此，TMA-1的建造者，一定和人类分享着同一个太阳，而既然他们在有史以来从没露过面，很可能是已经灭绝了。

也有少数不同意的声音。他们主张：就算跨星系旅行要花上几个世纪的时间，对于决心够的探险者来说，这也构不成阻碍。发现号本身所使用的冬眠技术，就是一个可能的解决之道。另一个方法则是创造自给自足的人造世界——展开可能延续许多世代的航程。何况，为什么必得认为所有具备智慧的生命，寿命都和人类一样短促？宇宙之中，应该有些生物会觉得即使是千年之旅也没什么好烦的……

这些论点虽然纯属理论，所涉及的问题实际上却极为重要——它们都涉及"反应时间"。就算TMA-1的确向星际发送了信号，也许还借助了土星附近某个接力装置，但是要传送到目的地，还得几年的时间。因此，就算对方立即就有反应，人类还是可以有点喘息的时间——这点喘息的时间一定能以几十年计，更可能的是以几百年计。对很多人来说，这种想法可以叫人心安一些。

但不是对所有人。有些科学家——大多是理论物理的非主流流派——提出一个扰人的问题："光速当真是不可超越的障碍吗？"狭义相对论很快就要满一百年，的确证明相当耐得起挑战，不过，也已经出现了一些漏洞。而且，爱因斯坦的理论就算无法否定，却说不定可以回避。

支持这种观点的人，满怀希望地谈论通过更高维度空间的快捷方式、比直线还直的线，以及超空间的联结。他们喜欢借用20世纪普林斯顿大学一位数学家所创造的生动说法："太空里的虫洞。"至于那些批评这些想法太过天马行空、不值得认真看待的人，他们则会抬出玻尔（Niels Bohr）那句名言："你的理论真够疯狂，不过还没疯狂到足以成真的程度。"

如果说物理学家之间的争论不小，和生物学家比起来，又是小巫见大巫。生物学家讨论的是那个老掉牙的问题："有智慧的外星生物到底会是什么长相？"他们划分为两个相对的阵营：一方主张这种生物一定长得像人，另一方则坚信"他们"绝不会长得像人。

主张第一种答案的人，相信有两条腿、两只手，主要感觉器官都长在最高处的这种设计，十分根本，也十分合理，因此很难想出更好的设计。当然，其中也会有些小差异，譬如是六根手指而不是五根，皮肤或头发的颜色比较怪异，脸部器官的位置也会有些奇特，但大多数有智慧的外星生物，形貌应该和人类十分类似。在光线比较暗，或是一段距离之外的地方，不会引你再看第二眼。

这种拟人化的想法，深为另一派生物学家所耻笑。这派人物都是太空时代的地道产物，自认为彻底摆脱了过去的偏见。他们指出：人类身体是历经几百万次演化抉择之后才有的结果，是万古以来的机缘产物。在无数次抉择的过程中，任何一次的基因骰子都可能掷出不同的结果——结果是否更好并不一定。因为人类的身体是个怪异的即兴创作，充满功能经过转换（并且转换得不见得成功）的各种器官，甚至还留着像盲肠这种已经废弃的——比毫无用途还糟的东西。

鲍曼还发现：另有一些思想家的观点更加奇特。他们根本不相信真正先进的生命还需要具备有机的躯体。随着科学知识的推展，他们迟早会摆脱大自然所给予的这个脆弱的躯体——这个容易生病、容易出意外，又使他们不免一死的躯体。等他们自然的躯体损耗殆尽（甚至可能早在那之前），他们可以建造金属与塑料的躯体取而代之，进而达到不死的境界。大脑这个有机躯体最后的残留物，可能会多逗留一阵子，指挥机械构成的四肢，同时通过电子感官来观察这个宇宙——比起盲目进化所可能发展出来的感官，这些电子感官要精妙多了。即使在地球上，大家也已经朝这个方向开始迈进了。上千万过去不免没命的人，现在有幸借助于人工四肢、人工肾、人工肺、人工心脏，活得生龙活虎，幸福愉快。这个过程一旦开始，就只能有一个结局，无论这结局多久以后才会到来。

而且，到最后，连大脑也可以不要了。就意识的载具而言，大脑也不再是必要的——电子智能的发展，已经证明这一点。心灵与机器之间的冲突，最终可能通过完全的共生机制而解决……

然而，这就是最终的结果吗？有些神秘倾向的生物学家还有更进一步的想法。根据许多宗教的提示，他们推测心智最终可以摆脱物质。就和血肉之躯一样，机械躯体也不过是跨入另一种存在形态的垫脚石而已——许久以前，大家称之为"灵魂"的那个存在。

接下来，如果还有比那更进一步的超越，那唯一可能的名称就是"上帝"了。

33

特　使

　　过去三个月里，戴维·鲍曼已经彻底适应孤独的生活，现在要他想起任何其他人的存在都不容易了。他已经超脱了绝望，也超脱了希望，安顿于大部分机械化的例行生活。只有当发现号这里或那里的系统运作不灵时，这些偶尔出现的危机才会使生活有些点缀。不过他还没有超脱好奇心，因而一想到他正在驶去的目的地，还会充满一种狂喜，一种权力的感觉。不只是因为他代表全体人类，也因为他在接下来几个星期的行动，将可能改变人类的未来。有史以来，人类还没有过类似的情况。他是代表全人类的特任大使，或者说，全权代表。

　　认知到这点，给他带来许多微妙的帮助。他一直把自己保持得十分整洁。不论多累，他都不会漏刮胡子。他知道任务控制中心一直密切注意他有没有异常行为的迹象，因此他决心让他们白忙一场——起码，让他们看不出任何严重的征兆。

鲍曼也注意到自己的行为模式出现了一些变化。当然，就他的环境来说，期待不要有变化出现才是荒谬的。除了睡觉，或是通过回路和地球通话，其他时候他再也受不了寂静——因此他随时让宇宙飞船的播音系统保持一种几乎吵得人头痛的状态。

起初，因为需要有人类的声音陪伴，他会听一些经典戏剧（特别是萧伯纳、易卜生和莎士比亚的作品），也从发现号收藏丰富的录音图书馆里找一些诗作的朗诵来听。然而，这些诗和戏剧所处理的问题，听来不是觉得太遥远，就是用一点常识就能轻易解决，因而过不了多久，他就没有耐心听下去了。

因此他转而听歌剧，通常是意大利或德语曲目——歌剧里大多总有一点知性内容，他不想因听懂这些内容而分心。这个阶段持续了两三个星期，接着他觉察到，这些训练有素的嗓音只更加深了他的孤独感。不过真正为这个阶段落下休止符的，是威尔第的《安魂曲》——他在地球上的时候，从没听过。空荡荡的宇宙飞船里，当"最后审判日"一节轰然响起时，一种相衬的不祥之兆让他手足无措；等天堂传来末日审判的号角时，他再也受不了了。

之后，他只播放器乐。先从一些浪漫派的作曲家开始，不过随着他们倾泻的情绪越来越逼人，他又把他们一个个抛弃了。西贝柳斯、柴可夫斯基、柏辽兹，持续了几个星期；贝多芬则比较久一点。最后，和许多其他人一样，他在巴赫抽象的架构里寻找到平静——偶尔，再以莫扎特点缀一下。

发现号便如此朝土星航行而去，经常伴以大键琴清冷的音乐——音乐中，凝结着一个死去两百多年的作曲家的思绪。

现在，即使仍然在一千万英里开外，土星已经比地球上看到的月亮还要来得大了。肉眼来看，已经光辉夺目，如果再用望远镜来看，那就更加不可名状。

这个行星，很容易会被误以为是比较安静时候的木星。有同样的云带——虽然和那个稍微大点的行星比起来，这里的云带淡一些，也没那么显著；大气层上，也有许多同样大陆大小的乱流缓缓移动而过。不过，这两个行星之间有一点截然不同——即使只是匆匆一瞥，还是可以清楚看出土星不那么像个球体。土星的两极都太扁，因而有时给人一种有点畸形的印象。

不过土星环的光辉，则是不断把鲍曼的视线从土星本身引开。土星环错综复杂的层次，以及明暗相间的精妙，自成一个宇宙。除了内环和外环之间的巨大区隔之外，最少还有五十个其他更细的层次或界限——巨大的土星环，因而可以看出许多亮度截然不同的层次。这使得土星看来好像围绕着许许多多的同心圆，一个叠着一个，每一个都很薄，好像从薄得不能再薄的纸张上割下来的。这些光环的体系，看来像是精心制作的艺术品，又像一个可供远观，不可近玩的脆薄玩具。鲍曼无论多么努力，都无法确切意识到它的真正大小，也没法相信整个地球放在这里，不过像一个沿着餐盘边缘滚动的滚珠轴承。

有时候，某颗恒星会绕到土星环的后面。这个时候，那个恒星的光辉会略有所失。但它会通过土星环的透明物质继续发光——不过被轨道上一些比较大的碎片遮住的时候，它会不时地轻轻闪烁一下。

19世纪以降的人已经知道，土星环并不是实心的——就力学原理而言，这也是不可能的。这些土星环是由无数细小的碎片所构成——也许是哪颗卫星靠得太近，被土星的重力撕扯得粉碎所留下。不论起源究竟如何，人类得以目睹这种奇景，实在幸运。因为这番奇景，在太阳系的历史里只能存留极短的一段时间。

早在1945年的时候，一位英国的天文学家就曾经指出，这些土星环不过是昙花一现，很快会被重力的作用所摧毁。由这个说法来回溯，会导致一个结论：这些土星环都是非常晚近，大约不过两三百万年之前才形成的。

不过，土星环正巧和人类在同一段时间诞生这一点，则没有人动过一点脑筋。

34

绕行的冰山

　　现在发现号已经深入幅员辽阔的土星卫星体系，而土星本身也只要不到一天的行程就可以抵达。宇宙飞船早已通过最外围的菲比（Phoebe，土卫九）所划出的界限——这颗卫星沿着一条极其夸张的偏心圆轨道，向后远离了自己的主星八百万英里。宇宙飞船的前方，现在有伊阿珀托斯（Japetus，土卫八）、许珀里翁（Hyperion，土卫七）、泰坦（Titan，土卫六）、雷亚（Rhea，土卫五）、狄俄涅（Dione，土卫四）、忒堤斯（Tethys，土卫三）、恩克拉多斯（Enceladus，土卫二）、米玛斯（Mimas，土卫一）、雅努斯（Janus，土卫十），以及它们的星环。望远镜里，所有这些卫星的表面都呈现迷宫一般的纹路，鲍曼也尽可能地拍了许多照片，传回地球。光是直径三千英里，大如水星的泰坦，就能耗掉一组探测队几个月的时间，而他却只能给泰坦以及它冰冷的同伴，拍些最简单的快照。事实上也不需要拍太多了，现在他已经十分肯定伊阿珀托斯才是他真正的目标。

所有其他的卫星，虽然没法和火星相比，但也都因为偶尔的流星撞击留下坑坑洞洞，光影明暗错落。至于这里那里出现的一些特别明亮的光点，则很可能是冰冻气体的碎片。但只有伊阿珀托斯自己拥有一种别具一格、十分奇特的景观。

和其他同伴相同的是，这颗卫星也有一面永远向着土星，只是这一面极为阴暗，看不出任何特征。另一面则完全相反，主要是一个长约四百英里、宽约两百英里的明亮白色椭圆形。此刻，这引人注目的白色椭圆形只有一部分位于日光下，不过伊阿珀托斯的明暗变化为什么会如此非比寻常，理由现在倒也很明白了。这颗卫星转到西边的轨道时，光亮的椭圆形正对着太阳，以及地球。转到东边的时候，白色椭圆形转到另一边，因此只能看到光线反射得很差的那半球。

这个大椭圆形极为对称，横跨伊阿珀托斯的赤道，中轴线指向这颗卫星的两极。由于这个椭圆形的边界极为鲜明，看起来好像有人在这个小卫星的表面，很小心地画了一个大大的白蛋。白蛋的表面极为平坦，鲍曼有点怀疑它会不会是某种结冻液体形成的湖泊——不过这样也无法解释为什么它的形状会如此像是出于人为。

不过，在驶往土星系统心脏地带的路上，他没什么时间可以研究伊阿珀托斯，因为这趟任务的最高潮，也就是发现号最后一次的摄动操作，马上要到来了。飞越木星那一次，宇宙飞船是利用木星的重力场来为自己加速。而这一次，宇宙飞船要做的却是相反的动作——她一定要尽可能地减缓速度，以免脱离太阳系继续往外层空间飞去。她现在的行进路线，是设计来约束住她的，好让她成为土星的另一颗卫星，沿着一条窄窄的、长达两百万英里的椭圆形轨道来回运转。这条轨道最近的一点，几乎可以碰到土星本身，而最远的一点，则会碰触到伊阿珀托斯的轨道。

地球上的计算机——虽然他们的信息总要晚三个小时才能传到——已向鲍曼确认，一切状况良好，速度和高度正确无误。在最近距离接触那一刻来临之前，他不需要采取任何进一步行动。

现在，广袤的土星环盘踞了天空，宇宙飞船正通过最外缘的上方。鲍曼通过望远镜从大约一万英里的上空看下去，可以看到环的主要成分大都是冰，在太阳的光线下晶莹闪烁。他的感觉，就好像飞越在一场暴风雪之中，视野偶尔清晰的时候，却在原本应是地面的所在，目瞪口呆地瞥见了夜空和星辰。

随着发现号沿着弧形轨道趋近土星，太阳也朝一层层的土星环慢慢落下。现在，这些土星环已经变幻为一道纤细的银桥，横跨天际。虽然一层层的环太细，顶多只是把太阳遮暗一些，但是环里无数的结晶体，却折射分散，形同炫目的烟火。随着太阳沉到那些绕行不已的浮冰所形成的宽达千英里的洪流后面，它苍白的投影在天空中幻化出各种闪动的火花与闪光。再下来，太阳沉到土星环的下方，土星环给太阳裱了一道框，天上的烟火也熄了。

再过一会儿，宇宙飞船弯入土星的阴影，在这行星黑夜的那一面开始最近距离的接触。头顶闪烁着星辰和土星环，下方则横陈着一片隐约可见的云海。这里看不到木星夜晚那种神秘的光辉，也许土星的温度太低，展现不出那种场景。云层上浮绕着冰山，冰山借助云层底下的阳光透出光亮。其实，就是借助于冰山反射的幽光，鲍曼才看得见斑斑点点的云层。但在土星环的中央，有一道很宽很黑的缺口，很像没有完工的桥身上还缺的那一段——是土星的影子在这儿压过了自己的环。

和地球的无线电通信已经中断了，要等到宇宙飞船离开土星黑夜的这一面才会恢复。此刻，或许这样也好，鲍曼忙得根本没有留意到自己突然加剧的孤独处境。接下来的几个小时里，他要分秒盯紧减速操作，这是地球上的计算机早已设定好的。

宇宙飞船的主推进器，经过好几个月的休工之后，开始喷出长达数英里的火红等离子奔流。主控甲板的无重量世界，短暂地恢复了一下重力。当发现号如同一颗小小的烈日，掠过土星的夜空时，在几百英里的下方，甲烷云和冰冻的氨燃起了一种前所未见的光芒。

淡淡的黎明终于出现在前方。这时，前进速度已经越来越慢的宇宙飞船，要再进入白昼了。宇宙飞船不再能躲过太阳的引力，也躲不过土星的引力——但是它行进的速度还足以拉起船身，驶离土星，直到触及两百万英里外伊阿珀托斯的轨道。

发现号进行这段爬升得花上十四天。这一路上宇宙飞船将以相反的次序，再度滑行穿过所有内圈卫星绕行的途径。她要一个一个地穿过雅努斯、米玛斯、恩克拉多斯、忒堤斯、狄俄涅、雷亚、泰坦、许珀里翁等等卫星的轨道。这些小世界都拥有神或女神的名字。而以这里的时间而言，这些神祇不过是昨天才消逝的。

然后，宇宙飞船会遇上伊阿珀托斯，并且必须与之会合。如果失败，宇宙飞船就会落回土星方向，开始重复二十八天一个周期的椭圆形绕行，无休无止。

发现号只有一次努力会合的机会。一次不行的话，伊阿珀托斯就已经绕到很远的地方，几乎在土星的另一边了。

是没错，等宇宙飞船的轨道和那颗卫星的轨道第二次交会的时候，他们可以再度相遇。不过这将是一场多年之后的约会。不论怎么说，鲍曼都很清楚他是等不到那一天的。

35

伊阿珀托斯之眼

鲍曼第一次看到伊阿珀托斯的时候，这颗卫星只有土星的光映照着，那奇特的椭圆形光斑有一部分在阴影中。现在，缓缓走动在七十九天一个周期的轨道上，伊阿珀托斯已回到阳光中了。

看着伊阿珀托斯逐渐变大，而发现号以越来越慢的速度接近那必然的、最终相会的一刻，鲍曼察觉到自己心里有一种痴迷，一种令人困扰的执著。和任务控制中心通话，或者不如说是汇报的时候，他从没提到这一点，怕别人觉得他已经有了幻觉。

也许，他的确有了幻觉。因为他已相当程度地相信，相对于那颗卫星黑黝黝的背景，那光洁的椭圆是一只巨大而空洞的眼睛，注视着他一路接近。那是只没有瞳仁的眼睛，因为它空无一物，鲍曼看不到任何东西掺杂其中。

一直到宇宙飞船到五万英里开外，伊阿珀托斯看来有如地球所熟悉的月亮两倍大的时候，他才注意到，就在那个光亮椭圆的正中央，有一个小小的黑点。但这时已经没有时间仔细查看，他要开始终点操作了。

这是最后一次，发现号的主引擎释出能量。这是最后一次，原子即将罄尽前的炽热白光燃烧在土星的卫星之间。戴维·鲍曼听着引擎开始轻轻启动，接着逐渐加强冲刺的声音，一种傲然，同时也凄然的感受袭上心头。这些顶级引擎，已经毫无瑕疵地完成了它们的任务。它们把宇宙飞船从地球带到木星再带来土星，现在，这是它们最后一次运作了。等燃料罐清空之后，发现号就会失去所有的动力，一如彗星或小行星，成为重力场一名无助的俘虏。就算几年之后，救援的宇宙飞船抵达，就经济效益的层面而言，还是没法给她添加足以飞回地球的燃料。发现号，将成为早期星际探险的纪念碑，永远留在太空轨道上。

随着几千英里的距离减缩为几百英里，燃料量表的指针也很快地指向零。主控甲板里，鲍曼的双眼紧张地来回检视显示屏幕，以及一张张临时绘制的图表——现在他必须参考这些图表，才能做出实时的决定。已经熬到这个地步，如果他只是因为少了几磅燃料而无法与伊阿珀托斯相会，那将是令人无法接受的反高潮……

引擎的声音逐渐减弱，随着主推进器熄掉，现在只剩微调推进器把发现号轻轻推进轨道。现在，伊阿珀托斯是一弯充塞天际的巨大新月。到此刻之前，鲍曼一直把它想成一个毫不起眼的小东西——和它所环绕的那颗星球比起来也的确如此——然而，等它森然悬在头顶时，只觉硕大无朋，很像一把宇宙中的榔头，作势要把发现号像胡桃壳一样敲碎。

伊阿珀托斯以极其缓慢的速度逼近，甚至让人感觉不到有任何动静。鲍曼也根本无法分辨到底是在哪个时刻发生了微妙的变化，使得眼前的天体转化为不过五十英里下方的地表了。忠实可靠的微调推进器释出残余的最后推力，然后就永远地熄掉。宇宙飞船进入了最后的轨道，以每小时不过八百英里的速度，每三个小时绕行伊阿珀托斯一圈——在这个微弱的重力场中，也不需要更高的速度。

发现号已成了卫星的卫星。

36

老大哥

　　"我现在又绕回有阳光的这一边了，情况就和我上次绕行时候报告的一样。这个地方似乎只有两种地表物质。黑黑的东西看起来像是燃烧过，简直就像焦炭——就我在望远镜里所能判断的，纹理也很像焦炭。事实上，我最能联想到的是烧焦的吐司……

　　"我对另一大片区域还没有任何头绪可言。这片区域的起始线非常明确，也看不出任何表面特征。甚至可能是液体——表面够平滑的了。不知道你们对我传回去的影像有什么印象，但如果你们能想象得到一片冰冻的牛奶海，就完全明白了。

　　"甚至，这也可能是某种非常浓厚的气体——不，我想这是不可能的。有时候我觉得它在动，非常缓慢地动，不过，我无法确定……

"……现在我第三次绕行，又回到白色区域了。这一次经过的时候，我希望在绕行时能比较靠近先前发现的那个黑点——黑点就在这个区域的正中央。如果计算没有错，我离它应该已经只有五十英里了——不管那是个什么东西。

　　"……是的，前面有个东西，就在我计算的那个地点。它正从地平线升起来——土星也在升起，几乎在天空的同一个方位上——我要去看看望远镜……

　　"喂！这个东西好像是个建筑物——全黑一片，很难看得清。没有窗户，没有任何特征。只是一块很大很大的垂直板块——从这个距离看来，最少有一英里长的高度。我想起来了——这就跟你们在月球上发现的那个东西一样！这是TMA-1的老大哥！"

37

实　验

就称之为星之门吧。

有三百万年之久的时间，它一直绕着土星转动，等待也许永远
不会到来的命运。在它诞生的过程中，一颗卫星粉碎了，当时的残
片到现在仍然在轨道上。

现在这场漫长的等待已经结束。在另外一个世界里，智慧体
诞生了，正想逃离行星的摇篮。一场古老实验的高潮戏，终于即将
登场。

很久以前，开始这场实验的，并不是人类，甚至和人类一点也不
相干。不过他们有血有肉，而当他们望向太空深处之时，他们感到敬
畏、惊奇，还有孤寂。一旦他们掌握了能力，便开始向群星出发。

在他们探索的过程中，遇见过各式各样的生命形态，并且在上

千个世界里，看见过进化的运作。他们也见惯了智慧擦出的第一道微光一闪即逝，消失在宇宙的黑夜里。

正因为在整个银河系里，他们发现最珍贵的莫过于"心智"，因此他们到处促进心智的萌发。他们成了星际田园里的农夫，忙着播种，偶尔还会有收成。

有的时候，他们也得不带感情地除掉杂草。

他们的探测船历经千年的旅程，进入太阳系的时候，庞大的恐龙早已消失很久了。探测船掠过冰冻的外行星，在垂死的火星沙漠上空短暂停留了一会儿，随即俯视到地球。

探索者看到，在他们脚下展现的，是一个充满了各种生命的世界。他们花了几年的时间研究、搜集、归类。等他们尽其可能地了解一切之后，就开始进行调整。他们变动了许多物种的命运，陆地和海洋里的都有。但在这些实验中，到底有哪些会成功，至少在一百万年内他们是不可能知道的。

他们很有耐心，但也并非长生不老。在这个拥有上千亿个太阳的宇宙里，有太多的事情要做，也有其他世界在呼唤他们。于是他们再度朝深邃的宇宙出发，心知他们再也不会到这里来了。

其实也没有这个必要，他们留下的仆人会完成剩余的工作。

在地球上，冰河来了又去，而在地球之上，不变的月亮仍旧守护着那个秘密。以一种比极地冰川消长再慢一些的节奏，文明的浪潮在银河系起起落落。一个个奇怪的、美丽的、糟糕的帝国崛起又没落，再把知识转手交给他们的接班人。地球并未被遗忘，但是再来一趟也没有多大意义。地球只是亿万个无声星球中的一个——其中，会发声的几乎没有。

而现在，在群星之间，演化正朝着新的目标前进。最早来到地球的探险者，早已面临血肉之躯的极致。一旦他们打造的机器可以胜过他们的肉体，就是搬家的时候了。首先是头脑，然后只需要他们的思想，他们搬进由金属和塑料打造的亮晶晶的新家。

他们就在这种躯体里漫游星际。他们不再建造宇宙飞船。他们就是宇宙飞船。

不过，机械躯体的时代很快也过去了。在无休无止的实验中，他们学会了把知识储存在空间本身的结构里，把自己的想法恒久地保存在凝冻的光格中。他们可以成为辐射能的生物，最终摆脱物质的束缚。

转化为纯粹的能量之后，他们又改变了自己。在千百个世界里，那些被他们舍弃的空壳，在无意识的死亡之舞中短暂颤抖之后，崩裂成尘。

现在他们是银河系的主宰了，超越了时间的限制。他们可以自由自在地漫游在星辰之间，也可以像一缕薄雾渗入到宇宙的缝隙里。但尽管他们已经拥有神祇般的力量，却也没有完全忘记自己的起源——在一片已经消失的海洋的温暖的烂泥中。

而他们仍旧守望着他们祖先在许久许久之前开始的那些实验。

38

岗 哨

"宇宙飞船里的空气越来越污浊，我几乎一直在头痛。氧气还很多，不过自飞船上的液体都在真空中沸腾后，空气净化器一直没法再净化空气了。真受不了的时候，我就下去机库，从分离舱那里挤些纯氧出来……

"我发了信号，但没有任何反应。因为轨道倾斜的角度，我现在正慢慢逐渐远离TMA-2。对了，你们给它取的名字非常不贴切——它可没有一点磁场的迹象。

"目前我最接近它的距离是六十英里，但是因为伊阿珀托斯在我底下转动，所以会拉远到一百英里，然后又掉回零。三十天之后，我会越过这个东西的正上方——但是实在等不了那么久，何况到时又要进入黑暗的那一面。

"就算是现在，它也再过几分钟就会降到地平线以下了。这可真难过——我没法作任何仔细的观察。

"所以希望你们能准许我进行下面这个计划。分离舱还有充分的速度差，足够我降落后再回到宇宙飞船上。我希望能离开宇宙飞船，对这物体进行近距离观测。如果觉得安全的话，我会降落在它旁边，甚至它顶上。

"我下去的时候，宇宙飞船仍然会保持在我上方的位置，因此我不会和宇宙飞船失去联系超过九十分钟以上的时间。

"我相信这是唯一可行的路。我已经跋涉十亿英里来到这里——我不想被最后六十英里困住。"

星之门以自己奇特的感官，永远注视着太阳的方向。几个星期以来，它看着逐渐接近的那艘宇宙飞船。它的制造者为许多事情而打造了它，这是其中之一。它认出了这个从太阳系温暖的心脏地带朝这里攀爬而来的东西。

如果它有生命的话，那现在一定会兴奋不已。但是，这样的情绪远非它能力所及。就算宇宙飞船打它身边过去了，它也不会有丁点失落之情。它已经等了三百万年，本来就有永恒等待下去的准备。

看着这个访客喷着白热的气体来调整速度，它只是付出观察与注意，并未采取任何行动。现在它感觉有轻微的辐射线袭来，想探测它的秘密。仍然，它什么也不做。

现在宇宙飞船已经进入轨道，在这个黑白相间的很奇特的卫星上方低空绕行。宇宙飞船开始以一阵一阵的无线电波说话了，数着从一到十一之间的质数，一遍又一遍。接下来，是一些更复杂的信号，以各种频率发出——紫外线的、红外线的、X射线的。星之门不作回复，它无话可说。

然后，静了一段时间。接下来，它注意到：绕行的宇宙飞船上，降下了一个东西，朝它而来。它搜寻了一下自己的记忆，逻辑回路根据许久之前所接受的指示，作了决定。

在土星清冷的光线下，星之门唤醒了自己沉睡中的力量。

39

进入眼睛

上次他从太空中看发现号的时候，发现号和占了半个天空的月亮一起飘浮在月亮的轨道上——现在，粗看起来，发现号还是那个模样。也许有一点点改变，只是他不敢很确定：发现号舱外注明各种舱盖、接头、脐带插头，以及其他装置用途的字样，长期曝晒在毫无遮掩的太阳光之下，油漆有点褪色了。

太阳，现在是个谁也认不出来的物体了。太阳比一般星星还是亮太多，但现在就算直视这个小小的盘子，也没有任何不舒服的感觉。太阳的热能一点也传送不到这里，在流泻进分离舱窗口的阳光下，鲍曼抬起没戴手套的双手，皮肤上没有任何感觉。想取月光来暖和暖和自己，也不过如此——五十英里下方的奇异地景尽管已经提醒他现在远离地球，但失去热能的阳光却让他更深刻地体认到这个距离有多么遥远。

现在，他要离开（也许是最后一次离开）过去这么多个月来一直栖身的金属世界了。就算他回不去，宇宙飞船还是会继续执行自己的任务，把仪器的读数传回地球，直到回路最后出现无法运作的问题为止。

如果他真能回得去呢？那他会多活几个月，甚至还能保持神志清醒。但也就是这样了。没有计算机在一旁监控，冬眠系统形同废物。至于说等到发现二号来和伊阿珀托斯会合，他熬不到那个时候。那还要四五年的时间。

看着一弯新月般的金色土星在前面的空中升起，他把这些念头都扔到脑后。他是人类有史以来第一个看到这种景象的人。其他所有人看到的土星，永远是正面面对太阳，整体照亮的圆盘。现在它却是一道精致的弓，土星环则是一条跨过弓身的细线，很像一支准备往太阳门面直射而去的箭。

与土星环连成一线的，还有明亮的泰坦星，以及其他比较暗淡的卫星。不用等到这个世纪过去一半，人类应该就能把这些卫星全都拜访一遍。但不论他们拥有着什么样的秘密，鲍曼是永不可能知道了。

茫然的白眼睛，边线截然分明，朝着他快速地接近。现在只剩下一百英里，再不到十分钟，他就要到目标的上空了。他很想有个办法查证一下，他说的话以光速离开已经一个半小时了，不知是否已经传达到地球。万一中继系统出了什么差错，他说的话都化为寂静，从此再也没有任何人知道他所遇见的情况，那就太讽刺了。

在头顶黝黑的太空中，发现号仍然是颗明亮的星。他一面下降，一面增加速度，因此把发现号逐渐抛在身后。但是没多久，分离舱的减速喷气发动机就会使他慢下来，然后宇宙飞船也将从头顶驶过，消失在视线之外——在这片中心有个黑暗之谜的光亮平原上，将只剩下他孤独一人。

地平线逐渐升起一块漆黑的东西，遮住了前头的星星。他把分离舱转了一个方向，全力突破他的轨道速度。他拉出一条又长又平顺的弧线，往伊阿珀托斯的地面降下。

换作是另一个重力比较大的星球，操作分离舱会非常消耗燃料。但是在这里，分离舱只有几磅的重量。他还有几分钟时间可以盘旋，然后就得冒险使用备用燃料，接着搁浅在这里，再也没有指望回到还在轨道上绕行的发现号。也许，回不回得去也没有多大差异了……

他离地面还有五英里，正朝着那个黑色巨块而去——巨块带着完美的几何线条，耸立在放眼没有任何特征的地面。它一片纯黑，纯净得一如脚下那片白。直到目前这一刻，鲍曼并没有体会到这个东西到底有多大。地球上像这么大的单一建筑物，屈指可数。他拍的尺寸精密的照片显示，这个巨块的高度几乎有两千英尺。就目前可以判断的，尺寸比例也和TMA-1丝毫不差——那个神秘的

1：4：9的比例。

"我现在离它只有三英里了，继续保持四千英尺的高度。仍然没有任何动静——我的仪器上没有任何反应。表面看来极为光滑。可是历经这么长的时间，总该有点陨石造成的破坏吧！

"在……在那个我想可以叫作屋顶的地方，也没有任何碎石残片，也看不到任何开口。本来我还一直希望上面会有个入口……

"现在我在它正上方了，盘旋在五百英尺的上空。因为我很快就要联系不上发现号了，所以不想浪费时间。我要降落在它上面。看来是够结实的——如果不是的话，我就马上飞开。

"等一下——这可怪了——"

鲍曼的声音消失在极为困惑的沉默中。他不是吓到了，他只是无从形容眼前所见。

他盘旋其上的，原来是长八百英尺、宽两百英尺，质地看来硬如岩石的一大块长方形。现在，这个东西却似乎在离他而去，就像一个立体的东西，通过某种意志的力量，居然能够内外翻转，出现了远程和近端突然位置互换的视觉幻象。

这块巨大、明明结实无比的东西，就是出现了这个情况。超出可能，也超出想象，它不再是一块高耸在平原上的巨石。先前看来像是屋顶的顶端，往无限的深邃中陷落下去。有那么迷乱的一刻，他以为自己望着的是一个垂直的深洞——但这个长方形导管打破了透视法则，深处的尺寸并没有因距离的改变而缩小……

伊阿珀托斯之眼眨动了，就好像要眨掉一粒恼人的沙尘。鲍曼只来得及给任务控制中心的人留下一句破破碎碎的话——九亿英里之外，八十分钟之后听到的人永远也忘不了的一句话：

"这个东西是中空的——在无限地延长——还有——上帝啊——全是星星！"

40

出　口

星之门开启了。星之门关闭了。

在短暂到无从计算的一瞬间里，空间自行反转、扭曲了。

然后，伊阿珀托斯又恢复孑然，一如过去三百万年——除了那艘已经失去主人，但还没有被遗弃的宇宙飞船，朝着建造它的人继续发送一些他们没法相信，也没法理解的信息。

VI

穿越星之门

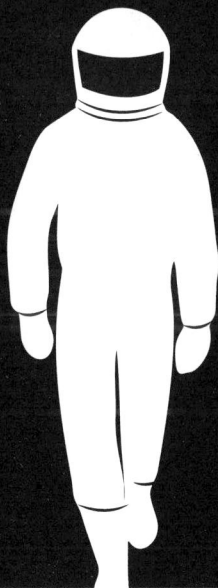

41

超级中央车站

没有移动的感觉，但是他正一路掉落，朝向那些无可解释的星星——那些闪烁在一个星球黑暗心脏里的星星。不——这些星星并不是真的在那里，他很确信。虽然已经太晚，但是他懊悔自己当初对超空间、超维导管的理论没有花太多心思。对戴维·鲍曼来说，这些都已经不再是理论而已了。

也许伊阿珀托斯上的这块巨石是中空的，也许那个"屋顶"根本就是个幻影，或者，只是一种光圈，打开来让他穿越而过。（可是穿越到哪里呢？）就他还可以信赖的感觉来说，他似乎垂直跌入一口巨大的长方形竖井，几千英尺深的竖井。他掉落的速度越来越快，但是管道的底端一直没有改变大小，也一直没有改变与他的距离。

动的只有星星。开始的时候动得很慢，因此他没有马上就注意到，框框里的星星正一个个往外逃逸。但是再过一会儿，很明显地，这片星域是在向外扩张，仿佛以一种不可想象的速度朝他冲来。这种扩张是非线性的——位于中央的星星看来一动不动，但是越靠外缘的星星加速越快，直到变成一道道光芒，然后消失在视线之外。

消失的星星，总是有其他的星星补充上来，从一个显然无穷无尽的来源补充进星域的中央。鲍曼很好奇如果有颗星星直接冲过来的话会如何，也很好奇这片星域是否会无止境地扩张，直到他一头栽进一颗太阳表面？但是没有一颗星星来到近得足以显现盘面的距离——星星最后总是会闪向一边，化为光芒，消失于长方形框壁的边缘之外。

管道的底端，还是没有任何逐渐接近的迹象。管道的四壁简直就像随着他一起移动似的，把他带向一个不可知的目的地。或者，也许他其实一动也没动，而是空间在他的身旁滑过……

他突然觉察到，他现在面对的事情，所牵涉的不只是空间而已。分离舱小小仪表板上的定时器，也发生了怪事。

通常，定时器上显示十分之一秒那一栏的数字，跃动得都非常快速，肉眼几乎难以读取。现在，这些数字却以相当长的间隔在一亮一灭，他可以毫不费力地跟着读出来。计秒的部分，走得更是慢得难以想象，就好像时间要停顿下来似的。最后，十分之一秒那一栏所显示的数字，冻结在五和六之间。

然而他还是认为，甚至观察到，管道漆黑的框壁在流动，和他错身而过，速度则可能是介于零和百万倍光速之间的任何一种等级。不知为什么，他一点也没感到惊讶，或是害怕。相反地，他怀着一种平静的期待心情，很像从前接受太空医生检测，服用一些幻觉药物时的感觉。他四周的世界奇特又美妙，但没有任何值得担心的事情。他跋涉亿万英里路来寻找这个谜团，现在看来，谜团也迎向他了。

前方的长方形开始变亮了。映着越来越亮的乳白色天空，飞散的星光条纹也越来越暗淡。看起来，分离舱在朝一团白云飞去——云团被一个看不到的太阳映照着，光色均匀。

他正在从这个通道里冒出来。在此之前，远程一直保持着那个难以明言的距离，不曾趋近，也没有后退，此时却突然开始接受正常透视法则的规范，在他前方逐渐靠近，也逐渐宽广起来。同时，他感觉到自己在往上移动。刹那间，他怀疑自己是不是已经跌穿伊阿珀托斯，现在又要从另一头升起了。不过，在分离舱还没升入那开敞的空间之前，鲍曼已经知道这个空间其实和伊阿珀托斯完全无关，也和人类经验所及的任何世界都无关。

这里没有大气，因为从眼前到那个难以置信的遥远又平坦的地平线，所有的细节他都可以看得一清二楚。他一定置身于一个十分巨大的行星上空，一个也许比地球大得多的行星。然而除了大小之外，鲍曼所能看到的一切地面，都是由各式各样，每边长达好几英里的切面所拼组起来。这很像是一个巨人以行星来玩的拼图游戏，而许多正方形、三角形、多角形切面的中心，都有一个黑黝黝的管道出口——一如他刚穿出的那种管道。

和底下不可思议的地面比起来，头顶的天空就更奇特了——可以说，更让人搞不懂了。没有星星，也没有太空中的那种黑。只有一种乳白色的柔光，让人感到那是种无限的距离。鲍曼想起有次听人家谈起南极那种令人敬畏的"乳白天空"（whiteout）——好像置身在一枚乒乓球内部的感觉。如此形容这个奇异的地方，再恰当不过，只是背后的原因一定全然不同。这里的天空可不是因为雪雾弥漫而形成的气象效果，这里是彻底的真空。

接着，等鲍曼的眼睛逐渐适应充满整个天空的珍珠般光芒之后，他才发觉，这天空其实不是他第一眼看到时所以为的那样净无一物。他头顶散布着无数个小小的黑点，一动也不动，形成显然毫无规则的图案。

这些黑点很难看得清楚，因为都只是暗暗的点而已。不过一旦看到了，就再清楚不过了。这使鲍曼想起了一件事——一件十分熟悉却又十分疯狂的事，他实在很难承认其间的关联。只是最后在理性的要求下，他毕竟不得不接受。

白色天空里的这些黑洞是星星——他很可能是在看一张银河照片的负片。

上帝啊，我到底是在什么地方？鲍曼问起自己。不过，就算他提得出问题，也很清楚他是永远也得不到答案的。看起来，空间是内外翻转了——这不是人类可及之处。虽然分离舱里十分暖和，但是他突然觉得一阵寒冷，几乎不可控制地颤抖起来。他想闭眼，把四周这片珍珠色的虚无遮盖起来，但这是懦夫的行为，他才不屈服。

由各种穿了洞的切面拼组而成的行星，在他下方慢慢地转动，但是景致一成不变。他猜想自己离地面大约有十英里，有任何生命迹象的话，应该可以很轻松就看得见。但这整个世界是遗弃的——有智慧的生命来过这里，按其意志打造过这里，然后又前往他处了。

然后他注意到：在大约二十英里之外的平原上，有一堆隆起，大略呈圆筒状的残骸，绝对是一艘大船的残骸。距离还太远，所以他看不清细微部分，几秒钟之后，又消失在他的视线之外。但他还来得及辨认船体破损的龙骨，以及橘子皮一般半剥开来，光泽暗淡的金属。他忖度着，那残骸在这片废弃的棋盘上不知到底陈放了几千几万年，也不知到底是什么样的生物曾经驾着它在星际间航行。

接着他就把这堆残破的遗弃物丢在脑后了，因为，地平线正冉冉升起一个东西。

起初，很像一个扁平的碟子，但那是因为它直直朝他而来的原因。随着它接近，打分离舱底下穿过，鲍曼看出那是一个纺锤形状，长达好几百英尺的东西。虽然它身上四处有些隐约可见的纵向条纹，却很难集中视线看个清楚——这个东西一路似乎在以很快的速度在颤动着，甚至可能旋转着。

它的两头尖细，看不出有任何推进器在推动的迹象。在人类的眼睛看来，只有一点是熟悉的，那就是它的颜色。如果这个东西真的是结实的人工产物，而不是视觉的幻影，那么它的建造者可能也具备了些人类的情绪。不过，可以肯定的是，他们并没有人类的极限——因为，这个纺锤似乎是纯金打造的。

这个东西飞向身后的时候，鲍曼也转头望向后视系统。它完全没有理会他。他可以看见这个东西从空中下降，潜入那成千上万个洞口中的一个。几秒钟后，它的金光最后一闪，没入这个行星的内部。他又孤独一人置身在那片邪恶的天空之下，一种前所未有的强烈孤绝感，淹没了他。

然后他发现自己也在朝这巨大星球色泽斑驳的表面降落，另一个长方形管道的洞口马上在他身下张开。头顶的天空关了起来，定时器逐渐趋向静止，再一次，他的分离舱在无限延伸的漆黑框壁间坠落，落向另一片遥远的星域。不过这次他肯定自己不是在重回太阳系。电光石火间，他突然领悟到是怎么回事了——虽然也可能完全是一种错觉。

这是一种宇宙转换装置，让人得以穿越超乎想象的时空维度，来往于星系之间。他正在穿越银河的中央站。

42

异　空

　　在遥远的前方，借着某个仍隐藏的光源所渗下的微光，管道的四壁又开始依稀可见。接着黑暗突然一扫而空，小小的分离舱猛地往上冲进一片灿烂的星空。

　　他又回到自己所知道的太空，但是才瞄了一眼，他就知道自己置身在离地球几百光年以外。他压根也没想寻找任何一个有史以来一直是人类的朋友、为人类所熟悉的星座——也许，现在他四周这些灿烂的星星，没有一个是人类肉眼所曾见过的。

　　大部分星星集结成一条耀目的光带，环绕天空，构成一个完整的圆圈——黑暗的宇宙尘，则在光带上四处遮蔽出一些断裂。它很像银河，但是比银河亮了几十倍。鲍曼不禁怀疑，这会不会就是他自己的银河系，只不过现在是在非常接近银河系灿烂而拥挤的中心来看它。

他很希望就是，那么他就不算离家太远。但是，他马上就意识到，这只是个幼稚的念头。他离太阳系已经远得难以想象，因此他是在自己的银河系里，还是在任何望远镜所曾见过的最遥远的银河系里，其实没有什么差异。

他回头望向自己刚才升出的地方，又吃了一惊。这里看不到许多切面拼组而成的巨大星球，也没有任何等同伊阿珀托斯的星球。什么也没有——有的只是一块映着星星的墨黑阴影，像是一道门，让人从一间黑暗的屋子跨进更黑的夜。甚至，在他看着的时候，那道门还关了起来。门并没有远离他而去，但逐渐浮满星星，很像空间结构上的一道裂口被修复回来。然后，在这怪异的天空下，就又只剩他孤单一人了。

分离舱在慢慢转动，随着转动，鲍曼又看到一些新的奇景。首先，他看到许多星星形成一团球状的光亮，星星越往中央的地方越为密集，最后形成一片灼亮的球心。外缘则很模糊——星星形成的光圈越往外越淡，不知不觉中，和更远方的星星融而为一。

鲍曼知道，这团奇特的光辉，是一丛球状星团。他正看着人类肉眼前所未见的景象——之前，人类看到的顶多是望远镜里一个小小的光点。从地球到最近距离的已知星团有多远，他想不起来，但确定绝不在太阳系周近一千光年之内。

分离舱继续慢慢转动，呈现了另一番更奇异的景象——一轮巨大的红太阳，比地球上所见的月亮要大上好几倍的太阳。鲍曼可以直视这个太阳而不会觉得不适。从颜色来判断，它的热度应该不超过一团燃烧的煤。在这个暗红色的太阳里，四处有些艳黄的河流——这些灼热的亚马孙河，蜿蜒千里之后，消失在这个垂死的太阳的沙漠之中。

垂死的太阳！不对——这纯粹是错误的印象，源自人类的经验，以及夕阳余晖或炭火余烬的光亮所勾起的情绪。这是一颗已经过了熊熊青春期的星球，在弹指间过了几十亿年，已经迈过光谱上的紫色、蓝色和绿色阶段，现在已安定下来，进入无限漫长的、平和的成熟期——之前它所经历的时光，和未来比起来，可能连千分之一也不及。这颗星球的故事，才刚开始呢。

分离舱不再转动了，大大的红太阳就停在正前方。虽然已经感觉不到在动，鲍曼相信，那个把他从土星带到这里来的力量，仍然控制着他。和这个把他带向不可想象的命运的力量比起来，地球上的所有科技，都显得原始至极。

他望向前方的天空，想要找出自己正要被带去的目的地——也许是环绕着这个大太阳的某颗行星吧。但是看不到任何可见的球体或特别的光亮——事实上，这里就算有绕行的行星，有这个大太阳当背景，也无从分辨了。

然后，他注意到绯红的日轮边缘，出现一个奇景。那儿出现了一道白光，接着很快地越来越亮。他不知道自己所看到的，是不是那种突然喷发的火焰——大多数星球不时都会碰上这种麻烦。

那个光亮越来越亮，越来越蓝，开始沿着太阳的边缘蔓延开来。相对之下，太阳血红的颜色很快地暗淡下来。鲍曼脑海里浮现一个荒谬的念头，不由得一面微笑着一面告诉自己：这简直就好像在看一场日出——一个太阳上的日出。

他想的的确没错。在太阳熊熊燃烧的地平线，升起了一颗大小和星星相差无几，但是亮得眼睛根本无法直视的东西。这个蓝白色的光点，很像一道电弧，正以无法想象的速度横越过大太阳的表面。光点一定十分接近它巨大的伙伴，因为它所经之处，引力立刻从太阳表面拉起一道高达数千英里的火焰。火焰像一道波浪般沿着这个太阳的赤道前进，枉然追逐着空中那燃烧的幽灵。

那一点炽热的白光，一定是颗白矮星（White Dwarf）——白矮星是那种奇怪又刚强的小星星，大小和地球差不多，但是质量则高了一百万倍。这么一对大小绝不相称的星球配在一起，其实没什么不寻常，只是鲍曼做梦也没想过有一天能亲眼目睹。

白矮星快要通过太阳球体一半地方的时候——全部转一圈应该也不过几分钟的时间——鲍曼终于确定自己也在动了。在前方，有一颗星星越来越亮，衬着背景，可以看出正在移动之中。它一定是颗很小很近的星球，也许他要去的就是那颗星球。

它以意想不到的速度靠近——这时，他才发觉这根本不是一颗星球。

一个方圆几百英里、光泽暗淡、由无数格子组成的金属网状物，不知从哪里冒出来，塞满了整个天空。在它广阔如一片大陆的表面上，四散着一些大小有如城市，但看来却像是机器的建筑物。许多建筑物的四周，排列着一些体积比较小的东西，一排排、一列列，十分整齐。鲍曼飞越了好几群这种东西之后，才觉察到这是一队队宇宙飞船——他正在飞越一片巨大无比的轨道停泊场。

　　由于四周没有任何熟悉的东西可供比较，他所飞过的底下这个场景到底有多大，实在无从判断。也因此，他无法估计那一架架悬浮在空中的宇宙飞船到底是什么尺寸。可以肯定它们都十分巨大，有些一定长达数英里。设计的形状也各式各样——有球形的，有多面晶体形的，有细长铅笔形的，有卵形的，有盘形的。这应该是星际商业活动的集会场了。

　　或者应该说曾经是——也许是一百万年前的曾经。因为鲍曼看不出任何动静，这片庞大的太空停泊场，死寂一如月亮。

　　他能确认这一点，不只是因为看不到任何动静，也因为有许多错不了的迹象——像是金属网上的一条条大裂缝，那一定是万古以来蜂拥而来的粗鲁陨石所撞穿的。现在这里不再是太空里的一座停泊场，而是太空里的一座垃圾场。

　　他和此地的建造者已错过难以计数的年代。想到这一点，鲍曼突然觉得心一沉。他虽然也不知道能预期些什么，但起码他抱过希望——希望能遇上某个来自星际的智慧生物。现在，看来他来得太晚了。他陷入一个古老的、自动的、设定目的不明，即使建造者早已逝去，却还能运作的机关。这个机关把他（还有多少人？）带过银河系，丢在这片星际的马尾藻海中，等他的空气耗尽，注定很快就要死去。

算了，也没道理去预期什么其他的。他已经目睹了多少人愿意以生命换来一见的奇景。想到死去的同伴，他实在没有理由好抱怨。

然后，他看到这片废弃的太空停泊场继续以毫未减缓的速度从底下滑过。他正越过它的尾端。停泊场破烂的边缘过去了，不再遮挡住星星。没过几分钟，它已经落在身后很远。

他的命运不在这里——而在远远的前方，那个巨大的红太阳。他的分离舱正朝着那个红太阳降落——这是错不了的。

43

地　狱

　　现在只剩下红红的太阳占满了整个天空。鲍曼的距离已经够近，不再因为太阳太大，而只觉得它的表面是凝止不动的一片。有些发光的火瘤在来回移动，有些气体升升降降形成气旋，日珥慢慢地朝天空腾起。慢慢地？要他的肉眼看得见，这些日珥上升的速度不可能低于每小时一百万英里……

　　他正要降落的这个地狱到底大到什么程度，他也不想去揣测了。发现号航行在那个不知多少亿万英里之外的太阳系里的时候，土星和木星之巨大，已经让他目瞪口呆。而他在这里所看到的一切，都还要再大上一百倍。他什么也做不了，只能任凭各种影像一直涌入心头，根本不想加以诠释。

　　随着那片火海在他底下逐渐扩大，鲍曼应该开始感到恐惧才对，但很奇怪的是，现在他只是有点心神不宁。这不是因为他的心智在种种奇景的冲击下已经麻木，而是理智告诉他：他一定是在某种几近全知全能的智慧的保护之下。现在他和红红的太阳已经太过接近，如果不是有某种隐形的屏幕遮隔，光是太阳的辐射就能在刹那间把他烧为灰烬。还有，在航行期间，他已经承受了可能把他撞得粉碎的加速度——然而他还是毫无所觉。如果这么多问题对他都没有影响，那现在仍然有值得抱着希望的理由。

现在分离舱沿着一条几乎和太阳表面平行的浅浅弧线在前进，同时也慢慢朝太阳表面降落。这时，鲍曼头一次听到声音。有一种隐约而持续的隆隆声，间或又被一种听起来像是在撕裂什么，又像是远方雷鸣的声音所打断。这应该是某种难以想象的恐怖声响的最微弱的回音——他四周的大气，一定因为某种足以粉碎万物的冲击而翻腾着。然而，那股保护的力量把他隔离于这种轰隆的巨响之外，一如隔离于高热之外。

在他的四周，虽然高达数千英里的火焰在慢慢腾起又落下，他和这些狂暴的火焰却完全隔绝。这颗星球的能量在他身边飞腾而过，却好像是发生于另一个宇宙似的。分离舱就在这些火焰之间安详地前进，没有颠簸，也没有烧焦。

鲍曼的双眼，不再毫无抵抗能力地眩惑于这个奇异又壮观的场面——他开始辨认一些应该本来就存在，但是根本没注意到的细节。这个星球的表面，并不是没有定形的一团混沌——这里的事物也都有其一定的形态，一如大自然所创造的一切。

他先是注意到这个星球的表面，游走着一些小小的，面积可能和亚洲或非洲相仿的气体漩涡。偶尔他可以直接望穿一个漩涡，看到很底下的地方，一些颜色比较深暗，温度也比较低的区域。更奇怪的是，这里似乎没有太阳黑子。也许，那是一种只有照耀着地球的太阳才有的疾病。

偶尔还有些云，像是出现在强风之前的一缕烟尘。也许，那也是真正的烟，因为这个太阳的温度相当低，因此可以出现真正的火。在这里，化合物可以诞生，存活几秒钟，然后被四周狂暴的核子力量所拆解。

地平线越来越亮了，颜色也从暗红色转为黄色、蓝色，再转为炽热的紫罗兰色。白矮星又越过地平线而来，身后继续带着那道火浪。

鲍曼用手挡住白矮星无法直视的强光，把注意力放在被白矮星重力场吸向天空、翻腾不已的火柱。以前他看过一次龙卷风扫过加勒比海面的场面，这道火柱的形状几乎一模一样。只是两者的大小稍有差异，因为这道火柱的底部，粗细大概比地球的直径还宽。

接着，就在他正下方，鲍曼注意到一个确定是新冒出来的景象，因为这个景象如果先前就在的话，他不可能没注意到。在灼热的气海上，有一大片难以计数的明亮光珠在前进。这些光珠以几秒钟为周期，忽明忽暗地发出一种珍珠色的光芒。它们全都朝一个相同的方向前进，像是逆流而上的鲑鱼，有时候路线还会来来回回地相互交错，但光珠本身绝不会相互接触。

这样的光珠成千上万，鲍曼看得越久，越相信它们的前进是有目的的。距离太远，他看不出构造上的细节。不过，在如此壮观的场景里还能看得见，表示它们的直径应该有几十英里，甚至几百英里长。如果这是一个个有组织的个体，的确算是庞然巨物，配得上它们栖身的这颗星球。

也许它们只是一些等离子云，在自然力量的奇异结合下，得以短暂稳定成一个个形体——就像打雷的时候，在天空底下出现的短暂球状闪电，地球科学家到现在不解其成因。这样解释很容易，也多少可以自我安慰，但是等鲍曼低头看看遍布整颗星球的这些串流的光珠，就知道自己接受不了这个解释了。那些闪亮的光珠知道自己要去的方向——它们有目的地朝着白矮星运行天际所勾起的火柱会合而去。

鲍曼再次望向那道上升的火柱——在牵引它的那颗高质量的小星星之下，火柱此时正沿着地平线升腾。这是出于他自己的想象吗，还是那条巨大的气体喷泉上真有许许多多更亮的光珠在攀附而上，仿佛无数的光珠汇聚成了一片片大陆大小的磷光？

虽然说来近乎荒唐，但也许，他所看到的其实是一场穿越一道火桥的星际移民活动。只不过，这究竟是一群没有什么心智的太空动物，仿佛旅鼠一般在本能的驱使下向前迈进，还是一群高智慧生物在迁徙中汇合成一股洪流，他恐怕是永远不可能知道了。

他所经历的，是一种新层次的造化，几乎是人类梦想所不及的造化。在陆地、海洋、大气、太空之外，竟然还有这个火的天地，独他一人有幸目睹。现在如果还期待他能够理解这一切，也太过强人所难了。

44

接 待

　　好像一场扫过地平线的暴风，火柱正消失于太阳的边缘。仍然在几千英里下方的星球表面，匆匆追寻的光珠也停止了移动。在一个可以把他在亿万分之一秒时间里化为齑粉的环境里，戴维·鲍曼在保护下安然坐在分离舱里，准备迎接任何节目。

　　白矮星在它的轨道上快速地下沉，很快就触及地平线，燃起一团烈焰，然后消失。一种不是夕照的夕照霎时照临在底下的地狱，在突然转变的光线中，鲍曼注意到四周的空间起了变化。

　　这个红太阳的世界，似乎泛起层层涟漪，他觉得自己正通过一道水流在看这个世界。有一会儿工夫，他狐疑这是不是某种折射效果——也许是因为一场非比寻常的强烈振波，穿透他所置身的大气所造成的。

光线在暗下去，仿佛有另一场夕照就要降临的感觉。鲍曼不由自主地抬头往上看，但立刻不好意思地制止自己，因为他想起这里的主要光源不是来自天空，而是底下炽热的星球。感觉起来，四周仿佛有一道由暗色玻璃的材质形成的墙，逐渐加厚，隔断了外面的红霞，也朦胧了景象。光线越来越暗，星球上隐约的风暴声也逐渐听不见了。分离舱飘浮在寂静中、夜色中。过了一会儿，感觉到很轻很轻的几下撞击，分离舱好像着陆在某种坚实的表面，然后就静止不动了。

着陆在什么东西上啊？鲍曼难以置信地问自己。这时光线回来了，鲍曼的惊异被一种深沉的绝望所取代——因为环顾四周，他相信自己一定是疯了。

要面对任何超出想象的场景，他认为自己都已经有所准备。唯一绝不在他想象中的，是一个极为平常的场景。

分离舱停在一片光洁的地板上——这是一间雅致，但再寻常不过的饭店套房，地球上任何大都市都找得到的那种饭店套房。他看到一间起居室，有茶几、一张长沙发、十来把椅子、一张书桌、几盏灯、一个半满的书架，上面放了几本杂志，甚至还有一盆花。一面墙上挂着凡·高的画《阿尔的吊桥》，另一面墙上挂着美国画家韦思的《克里斯蒂娜的世界》。他相信如果打开书桌的抽屉，一定会有一本每个旅店都会有的基甸版《圣经》……

就算他的确疯了，这一切幻影未免也布置得太高明了。所有的东西都真真实实，没有一样东西会在他转个身的当儿消失。这个场景里，唯一不相称的元素——当然也是一项重大元素——就是分离舱本身。

有好几分钟，鲍曼坐在位子上一动不动。他隐约期待四周的影像会消失，但是，所有这一切都继续真实存在，和他这辈子所见任何实在的东西都别无二致。

这是真实的——不然，也是一种设计得极尽能事的感官幻觉，让人无从区别真实和虚幻。也许，这是一种测验——如果是的话，也许不止他个人，连全人类的命运都端看他接下来几分钟的动作而定了。

他可以坐在原位，静待什么事情发生；他也可以打开分离舱，走出去挑战四周景象的真实程度。地板看来是结实的，最起码，已经承载了分离舱的重量。他不太可能跌穿过去——不管这个"地板"到底是怎么一回事。

但是还有空气的问题，因为就他判断所及，这间套房可能是真空的，也可能含有有毒的大气。他觉得这是不太可能的，因为不可能有人会如此费心张罗之后，却没顾虑到这么根本的细节，但他还是不想冒不必要的危险。不论怎么说，多年的训练使他对辐射污染之类的事情，总是保持警觉，除非确知没有他途可行，否则绝不会把自己暴露在一个陌生的环境之中。这里看起来的确很像美国某个地方一家饭店的房间。不过，这一点改变不了他在现实中肯定已远离太阳系几百光年的事实。

他合上航天服的头盔，把自己彻底封好，然后启动分离舱的舱门。传来一阵平衡压力的咝咝声，然后他移步踏入这间套房。

感觉起来，他置身在一个极为正常的重力场中。他抬起一只手臂，然后任它垂下。不到一秒钟，手臂就垂回原处。

这使得一切更加不真实。现在他穿着航天服，站在一台只能在无重力状态下才能正常运作的太空载具外面——事实上他应该是浮着而不是站着。一个航天员的正常反应全都被推翻了——现在他做每一个动作之前都要仔细思考一会儿。

像个梦游的人似的，他从套房里没有任何家具陈设的这一边，慢慢朝另一边走了过去。所有东西并没有像他原先差点以为的那样，随着他的接近而消失，反而绝对真实地留在原地，并且显然也绝对结实。

他在茶几旁停下脚步。上面放着一台常见的贝尔系统视讯电话，旁边甚至还有一本地区电话簿。他俯身用戴着手套的手，笨拙地拿起了那本电话簿。

上面用他已经看了千万次的熟悉字体打着："华盛顿特区。"

然后他更仔细地看了一下——他总算第一次有了客观证据，证明虽然这一切都可能是真实的，但他并不是在地球上。

他能看清的字只有华盛顿，其他的印刷字体都很模糊，仿佛是从报纸照片上影印下来的一样。他随意打开电话簿，翻了几页。

质地白白脆脆，虽然看起来很像纸，但一定不是纸的东西上，一片空白。

他拿起电话话筒，抵在头盔的塑料部位上。如果有拨号音的话，他可以从这种导体上听见。不过，不出他所料，听不到任何声音。

所以，这一切都是假的——虽然精细得令人赞叹。还有，很清楚，这一切安排并不是为了欺骗他，而是——他希望——为了让他安心。想到这一点，他觉得很安慰，不过，到他彻底检视过这房间之前，他是不会脱下航天服的。

所有的家具，看来都十分完好、结实。他试了试椅子，椅子承载得住他的重量。不过书桌的抽屉打不开，是做个样子的。

书和杂志也是。就像电话簿，只看得清书名。选的书有点不搭调——大多是没有什么价值的畅销书，几本话题性的非小说，还有几本知名的自传。没有一本不是出版了三年以上，且谈不上任何知性的内容。不过倒也没有关系，因为这些书根本无法从书架上拿下来。

有两扇已经敞开的门。第一扇通往一间很小，但是很舒服的卧房，里面有一张床、一个写字台、两把椅子、一个衣橱，还有真能运作的电灯开关。他打开衣橱，发现面前是四套西装、一件浴袍、十来件白衬衫，还有好几套内衣——全都整齐地挂在衣架上。

他拿下一套西装，很仔细地检查了一番。就他的手隔着航天服手套所能判断的，这衣服多半是毛料而不是棉制品。款式则有点过时——地球上，大家至少也有四年不穿单排扣西装了。

卧房旁边，是一间浴室，设备一应俱全，他很放心地发现它们功能完全正常，都不是装样子的。再过去，是一间小厨房，有电炉、冰箱、橱柜、碗盘、餐具、水槽、餐桌，以及椅子。鲍曼探查这些倒不只是出于好奇，也是因为越来越饿了。

他先打开冰箱，一股冷雾泄了出来。冰箱架上摆满了各种罐头和包装盒，隔着一段距离看来都挺眼熟的，但是近看，商品标示上的字就都模糊不可辨认了。不过，鸡蛋、牛奶、奶油、肉、水果，以及任何未经加工处理的食物，全都付诸阙如——这一点倒是颇引人注意。冰箱里装的，只有已经过某种包装的东西。

鲍曼一面拿起一盒熟悉的早餐谷片，一面觉得这东西也要冷冻起来很奇怪。但一等他拿起盒子，就知道里面装的一定不是玉米片——太重了。

他撕开盖子，检查一下内容。盒子里装的是一种有点湿湿的蓝色东西，重量和质感都有点像是面包布丁。尽管颜色很古怪，看来倒十分可口。

鲍曼告诉自己：这太荒谬了，可以肯定我一定受到监视。穿着这套航天服，我也一定看来白痴无比。如果这是一场智力测验的话，大概早已经出局了。他不再犹豫，走回卧房，开始松开头盔的栓锁。松开后，他把头盔稍微举起，露出一点缝隙，小心地吸一口气。就他所能感受到的而言，他正在呼吸的是再正常不过的空气。

他把头盔放在床上，开始庆幸地，但动作也有些笨拙地脱去身上的航天服。脱好之后，他伸伸腰，深深吸了几口气，小心翼翼把航天服挂到衣橱里，和其他那些平常衣物摆在一起。航天服挂在那里很古怪，但是鲍曼和所有航天员一样，都有一点洁癖。他不可能把航天服就随便扔在哪里。

然后他快步走回厨房，更仔细地检查那一盒"谷片"。

蓝色的面包布丁隐隐传出一股香料味，有点像是蛋白杏仁饼干。鲍曼拿在手上掂了掂，然后剥了一角，小心地闻了闻。虽然他现在已经不认为有人会故意向他下毒，不过还是不能排除意外搞错的可能——尤其就生物化学这么复杂的问题而言。

他谨慎地咬了几口，嚼过之后咽下。非常可口，只是味道实在很难辨认，几乎难以形容。如果他是闭上眼睛吃，会以为是肉，也会以为是全麦面包，甚至以为是风干水果。除非有什么意想不到的副作用，否则他不必担心饿死了。

他才不过吃了几大口这个东西，已经觉得很饱，于是想找点喝的东西。冰箱门后面，有六罐啤酒——又是一个知名品牌——他拿起一罐，压下打开罐盖用的薄片环扣。

接着，金属罐盖沿着拉环线拉开，和寻常的罐子没有任何两样。但是罐子里装的不是啤酒——鲍曼很意外也很失望地发现，里面还是那种蓝色食物。

不到几秒的时间，他开了五六个其他的罐头和包装盒。不管商标是什么，里面的东西总是相同的。看来他的伙食会有点单调，除了水之外也没有任何其他可以喝的饮料。他从厨房水龙头里倒了一杯水，小心地啜了一口。

开始的几滴水都被他喷了出来——味道十分可怕。接着，有点为自己的本能反应感到羞愧，他强忍着把杯里剩下的喝下去了。

第一口就足以判断这是种什么液体了。味道之所以可怕，是因为没有任何味道。水龙头里供应的是经过蒸馏的纯水。没有露面的主人，显然不想拿他的健康开任何玩笑。

觉得精神好了许多之后，他很快地冲了个澡。没有肥皂，这是另一点微小的不便。不过有个效能很高的热气吹风机，于是他尽情地享受了一阵，才从衣柜里拿出内裤、背心，还有浴袍穿上。之后，他上床躺下，望着天花板，想要搞清楚他这个奇妙的处境究竟是怎么回事。

他没理出什么头绪，就又被另一个念头所引开。就在床的正上方，有一台很常见的饭店款式的天花板电视——他本来以为跟电话和书一样，也是装样子的。

但是床边旋转臂上的遥控器看来实在太过逼真，他不由得把玩起来。他的手指才一碰上"开"的感应钮，电视屏幕就亮了。

他兴奋地随意按了一些选台数字，第一个画面几乎马上就来了。

那是一位非常知名的非洲新闻播报员，正在谈论一些保护他们国家仅存野生动物的措施。鲍曼听了几秒钟，深深着迷于人类说话的声音，根本不管谈的到底是些什么内容。然后，他换了个频道。

接下来的五分钟，他找到了一段华尔顿小提琴协奏曲的交响乐演奏、一段有关正统剧场现况萧条的讨论、一段西部片、一段新出厂头痛药的展示、一段（用某种东方语言玩的）团体比赛游戏、一段心理剧、三段新闻评论、一段足球赛、一段（用俄语讲的）立体几何讲课，还有一些调谐信号与数据传输的画面。事实上，这是从全世界电视挑选出来的一些十分日常的节目。他除了因此精神振奋了一些之外，也借此确认了一个一直萦绕在心头的疑问。

所有这些节目都有两年左右的历史了。TMA-1也是在那个时间前后出土——要说这两者之间纯粹只是巧合，实在讲不过去。有个东西一直在监控所有的无线电波——那块漆黑的石板，实在比大家想象中的忙碌太多了。

他继续在频道上流连下去，突然认出了一个熟悉的场景。就在这间套房里，一位著名的演员在愤怒地责骂一名不忠的情妇。震惊中，鲍曼认出了那是他刚才离开的起居室。随着摄影机跟着那对愤愤不平的男女走向卧房，他不由自主地望望门口，看是不是有人走进来。

他接受的这场招待，原来是这样准备出来的——这儿的主人，根据地球上的电视节目，产生了安排人类生活的构想。他觉得自己就像置身于电影场景中，还真是实至名归。

目前他已经知道所有他想知道的事了，于是关掉了电视。现在做什么呢？他双手交叉垫在脑后，望着空白的电视屏幕，问起自己。

不论肉体还是心理上，他都已经虚耗殆尽。不过要在这么奇异的环境，在人类有史以来还从没如此远离地球的地方入睡，仍然很不可能。只是，舒适的床和肉体自发的智能，联手战胜了他的意志。

他摸索着关了灯，房间陷入一片黑暗。不到几秒钟时间，他就进入了梦的领域。

如此，戴维·鲍曼最后一次入睡了。

45

重 现

　　家具已经派不上用场了，于是慢慢融回套房建造者的内心。只有床还保留着，还有四面墙壁——这些墙壁可以保护这个脆弱的有机体，不致被连建造者都没法控制的能量所摧毁。

　　睡眠中，戴维·鲍曼一直辗转反侧。他没有醒来，也不是在梦中，但他不再是毫无意识。像是悄悄弥漫进丛林中的雾气，有什么东西潜入了他的心灵。他只隐约意识到这一点——一旦全然明白，那种冲击将必然犹如燃烧在四壁之后的熊熊火焰一般将他摧毁。在那冷静的观照之下，他没有感到希望，也没有恐惧——所有的情绪都已经过滤掉了。

　　他仿佛飘浮在开放的太空中。在他的四周，一条条黑色的细线纵横交叉，构成无边无际的网格，朝四面八方伸展出去，所有的细线上面又流动着许许多多细小的光点——有些移动得十分缓慢，有些飞快。他曾在显微镜里看过人脑的横切面，在那神经纤维的网络中，他瞥见了同样错综复杂的迷宫。但那是死的、静态的，而现在这景象则超越了生命本身。他知道（或者说他相信自己知道），他正在观看一个庞然心智的运作——在这个心智所沉思的宇宙中，他微不足道。

这个景象（或者说幻象）只持续了一会儿。然后，那些晶莹的网格和平面，以及移动光点所交织出来的视觉影像，都一闪而逝——鲍曼进入了一个人类从没有经历过的意识领域。

起初，"时间"本身仿佛在迅速回溯。虽然他已经准备接受这奇异的现象，但他还是过了一阵子，才察觉到一些更细微的真相。

记忆之泉被封存起来，不再随意喷涌。在一种控制下的倒带中，他重新活了一次过去。那间饭店套房出现了——然后是那个分离舱——然后是那个火红太阳燃烧的表面——然后是灿烂的银河系中心——然后是那道让他重新回到宇宙的门。还不光是影像，所有的感官印象，当时所有的情绪，都快速地闪过，越来越快。像是一台倒带速度越来越快的录像机，他的一生被重新播放了一遍。

现在他再度回到发现号上——土星环占满了天空。再前面——他和哈尔在进行最后的对话；他看着弗兰克·普尔要出最后一趟任务；他在听地球传来的声音，跟他说一切平安无事。

即使在他重回这些时刻的过程中，他也明白一切的确平安无事。他在沿着时间之廊溯流而上，一面快速退回童年，而他的知识与经验也同时被抽离。但他没有失去什么，他人生过程中每一个时刻所经历过的，都移转到另一个更安全的地方保存。就算这个鲍曼不再存在，另一个也会永恒存在。

他越来越快地回到一些遗忘的岁月，回到一个单纯得多的世界。许多他曾深爱的人的脸庞，他以为遗忘再也不复记忆的脸庞，对他甜蜜地微笑着。他也欢喜地回以微笑，不觉痛楚。

现在，终于，一路快速的倒带缓慢了下来，记忆之井，几近干涸。时间流动得越来越慢，来到停滞的一刻——像是一个摆动的钟摆，荡到最高的极限时，似乎冻结在永恒的一个瞬间，然后才开始下一轮摆荡。

那一刻永恒的瞬间过去了，钟摆又摆回去了。飘浮在离地球两万光年之远的双星火焰之间，一间空荡荡的屋子里，一个婴儿睁开了眼睛，放声哭了起来。

46

转　形

然后他安静下来，因为他看出他不再是孤独一人。

空中呈现一个有如魅影、泛着微光的长方形。接着它固化成一张晶莹的板子，透明度逐渐失去，通体布满一种苍白的乳光。一些撩人的、难以形容的魅影，在它的表面和内部移动。这些影子结合成一道道的光柱与阴影，然后形成相互交叠的轮辐，配合着现在似乎充塞了整个空间的脉动节拍，开始慢慢转动。

这种奇妙的景象，足以吸引住任何婴儿——或任何猿人的注意。不过，就像三百万年前，这只是一些力量的外在显示——这些力量本身太过微细，是人类意识所不及的。因此这只能算是个吸引感官注意的玩具，真正的作业则在更深沉的心智层次中展开。

这一次，当新图案的编织工作展开时，作业程序既迅速又确实。经过他们上次相会以来的漫长岁月，设计者已经学会了许多新的事物，而他现在要拿来表现艺术才华的材料，精细度也已改进得不可以道里计。只是，他是否当真要让这种新的材料融入他仍然还在精进中的刺绣里，只有未来才知道了。

婴儿盯着晶莹石板的深处，眼中带着一种超乎人类注意力的专注，看出（但还不了解）隐藏其后的神秘。婴儿知道自己已经回到家了，知道这里就是包括自己在内的许多物种的起源。但他也知道自己不能在此逗留。在这一刻之后，还有另一次诞生，与过去任何一次诞生都无法相提并论的、更奇异的诞生。

现在这个时刻到来了。发光的图案不再呼应石板内心的秘密。随着发光的图案灭去，四面保护他的墙壁也隐没，没入它们曾经从中短暂浮现的虚无之中，火红的太阳又填满了整个天际。

被忘在一边的分离舱的金属和塑料，以及某个一度自称为戴维·鲍曼的人所穿过的衣服，刹那间化为火焰。和地球最后的联系不见了，回归为组成它们的原子。

但婴儿并没有注意到这些，他已经适应这个新环境舒适的光热。这个物质的躯壳，是他汇聚力量的所在，他还需要一阵子。他真正不灭的身体，是他心灵当下的意象——而尽管拥有这些力量，他知道自己仍然还只是个婴儿。因此他将保持这种状态，直到他决定采用哪种新的形体，或者根本就摆脱了对物质形体的需要。

出发的时候到了——虽然就某个意义来说，他永远也不会离开这个再生的地方；因为他永远都会是那存在的一部分——那个利用这对大小双星来实行其深不可测目的之存在。他命运的方向（虽然还不是他命运的本质），已经很清楚地呈现在眼前，他不必再重新回溯迂回的来路。基于三百万年来的本能，他现在知道，空间的背后并不只有一条途径。星之门的古老机制曾经帮了他很大的忙，但他不再需要那些机制了。

泛着微光，曾经看来不过是一面晶莹板块的长方形形体，仍然飘浮在他的面前，和他一样，也丝毫不受底下地狱之火的影响。它盛装着时间与空间深不可测的秘密。但其中有些秘密，起码他现在已经明白，也可以运用了。1：4：9，这三个连续的平方数，会是这个板块各边的数学比例，是多么自然，也多么必要啊！以为这个数列会在三维空间里就此打住，又是多么天真啊！

他全神贯注在这些几何数字的单纯上。随着他的思绪扫过，原来空无一物的框架里，突然充满了星际之间黑暗的夜色。红色太阳的光焰隐退了，或者说，似乎突然一下子从四面八方消逝不见了。他的面前，是光辉的银河漩涡。

也许那是个美丽而精细无比的模型，嵌在塑料方块里。不过，这是真实的——他以远比视觉更精妙的感官，攫住了这真实的整体。只要他想，他可以把注意力集中在其中亿兆个星星中的任何一个。当然，他能做的还远不止于此。

介于银河灿烂的核心，和孤独地散布在边缘的岗哨星辰之间，有一条许许多多恒星所形成的大河，现在，他就飘浮在这里。他想去的地方，则是这里——空中这条鸿沟遥远的另一端，没有任何星星，像一条蛇一样蟠伏着的黑暗。这片混沌没有形状，只有借着更远方的火雾才能勾勒出边缘，但他知道，这才是还没有使用过的创造素材，未来进化的原料。在这里，时间尚未开始，等现在燃烧着的一切恒星都熄灭良久之后，光亮和生命才会重新改造这片虚空。

他在不知不觉中已经跨越一次那片虚空。现在他必须再跨越一次——这次，要出于他自己的意志。想到这里，他心中蓦然充满一种突然的、冰冷的恐惧，大到有那么一刻他彻底乱了分寸——他对宇宙的新视野也在颤抖，很可能就此粉碎。

令他灵魂震颤的，不是对银河深渊的恐惧，而是一种更深沉的不安，源自尚未诞生的未来。因为他已经摆脱了原来人类思考时间的局限，现在，随着他对这一片不见任何星辰的虚空的沉思，他知道自己第一次体会到永恒的意味了。

然后他想起他再也不会孤独，他的恐慌这才慢慢地退去。他又恢复对宇宙晶莹剔透的认知——他知道，这不能全归功于自己。在他第一次蹒跚学步，需要指引的时候，指引已经在那里了。

再度恢复信心之后，他像一名重拾勇气的高空跳水者，要动身横跨光年了。原来被他框在心中的银河，冲开了框架——星辰和星云，以一种无法言说的速度，从他身边流泻而去。随着他像个影子般穿过一个个银河的中心，魅影般的太阳纷纷炸开，又落在他的身后。宇宙尘这种冰冷的黑暗废物，曾经令他惊惧不已，现在则不过是太阳前方飞掠的渡鸦翅膀的鼓动罢了。

星星逐渐稀疏，银河耀目的光亮也暗淡下来，逐渐从他相逢过的灿烂光华，化为一种淡淡的魅光——但是将来等他准备好之后，会再度与那灿烂光华相逢。

他精确地回到自己想去的那个地方——那个人类称之为真实的空间。

47

星　童

　　他的面前，飘浮着地球和所有的人类——这个闪闪发光的玩具，任何星童都难以抗拒。

　　他及时赶回来了。他可以想象得到：在那个拥挤的地球上，雷达屏幕上一定正闪烁着警讯，巨型追踪望远镜搜寻着天空的每个角落——而人类所熟悉的历史，即将面临终结。他注意到，一千英里的下方，一部蛰伏已久的载具从沉睡中醒来，在轨道上迟钝地转动。它所具有的微弱能量，对他构不成任何威胁，但他还是宁可天空清净一点。于是他展现了一下意志，轨道上那个相当于百万吨级核爆的载具在无声中爆炸，给沉睡中的那半个地球带来一场短暂、虚假的黎明。

然后他开始等待，一面整理自己的思绪，一面深深思考自己还未经测试的能力。虽然他已经是这个世界的主宰了，但他并不确定下一步要做些什么。

不过，他会想出来的。

图书在版编目（CIP）数据

2001：太空漫游 /（英）阿瑟·克拉克
(Arthur C. Clarke) 著；郝明义译. — 上海：上海文
艺出版社, 2019. 4
　　（读客外国小说文库）
　　ISBN 978-7-5321-7069-2

　　Ⅰ.①2… Ⅱ.①阿… ②郝… Ⅲ.①长篇小说－英国
－现代 Ⅳ.①I561.45

中国版本图书馆CIP数据核字（2019）第037174号

2001: A Space Odyssey
Copyright © Arthur C. Clarke and Polaris Production, Inc.1968
Published by agreement with Baror International, Inc., Armonk, New York,
U.S.A. through The Grayhawk Agency Ltd
Chinese simplified character translation rights © 2019 by Dook Media Group Limited.
All rights reserved.

责任编辑：毛静彦
特约编辑：姚红成　　徐陈健
封面设计：陈艳丽

2001：太空漫游

［英］阿瑟·克拉克　著
郝明义　译
上海文艺出版社出版、发行
地址：上海市闵行区号景路159弄A座2楼
电子信箱：cslcm@publicl.sta.net.cn
新华书店经销　河北中科印刷科技发展有限公司印刷
开本 880毫米×1230毫米　1/32　10印张　字数 179千字
2019年4月第1版　2025年3月第26次印刷
ISBN 978-7-5321-7069-2/I.5651
定价：62.00元

如有印刷、装订质量问题，
请致电010-87681002（免费更换，邮寄到付）

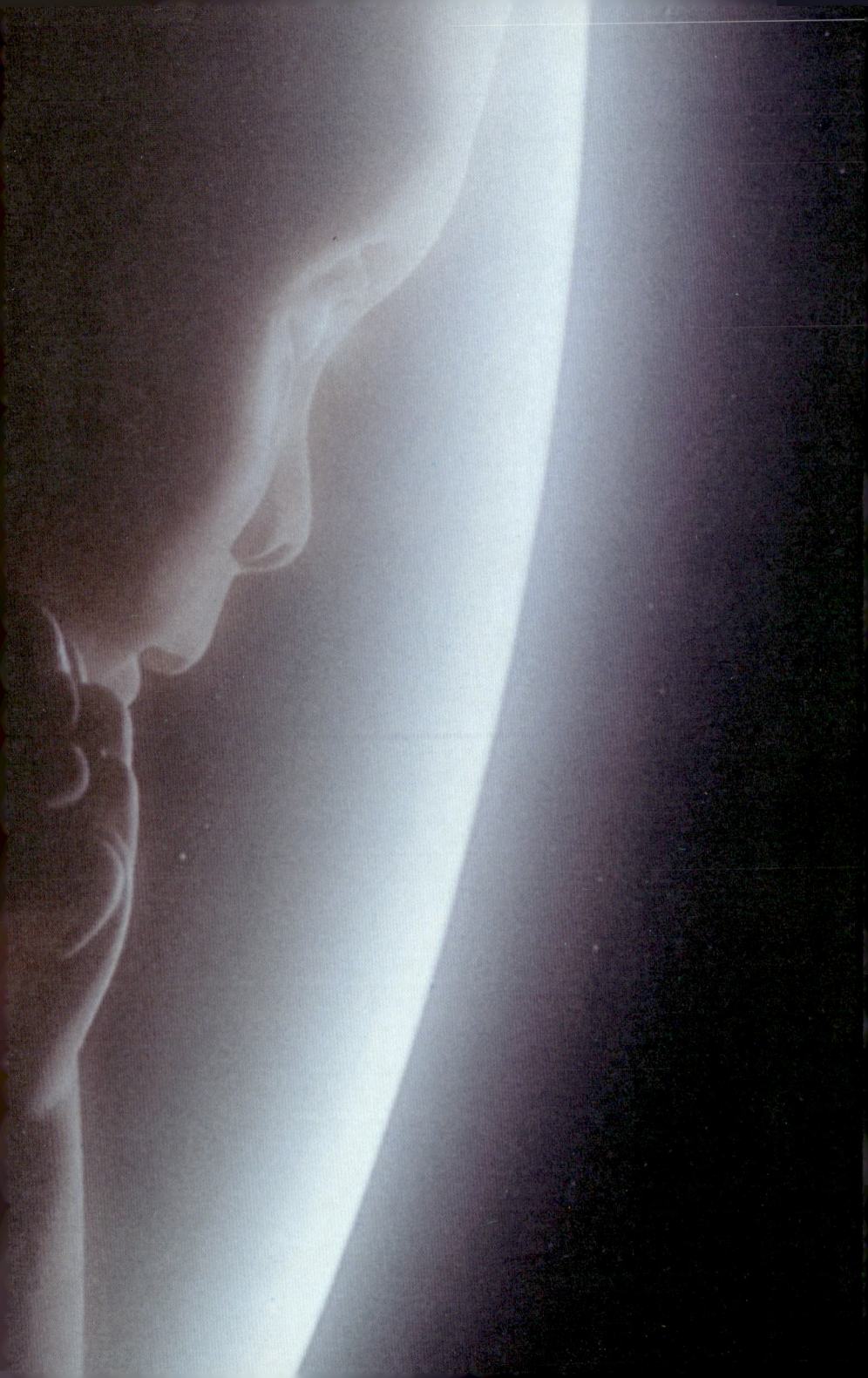